지킬 박사와 하이드

지킬 박사와 하이드

Strange Case of Dr. Jekyll and Mr. Hyde

로버트 루이스 스티븐슨 지음 | 마도경 옮김

더클래식

차
례

어떤 문에 얽힌 사연

　어터슨 변호사는 근엄한 사람으로 좀처럼 밝게 웃지 않았다. 남과 대화할 때에도 표정이 차가웠고, 말수가 적었으며, 그런 자리를 불편하게 여겼다. 감정을 나타내는 데에도 인색했다. 비쩍 마른 데다가 키가 컸고, 얼굴은 생기 없고 무뚝뚝했으나 그럼에도 약간 호감을 주는 구석이 있었다. 하지만 친구들과 어울리거나 입맛에 맞는 와인을 마시면 그의 눈가는 인간적이고 만족스러운 느낌으로 환해졌다. 그는 그런 기분을 결코 말로 표현하지 않았지만 흔히 식후에 그리고 일상의 행동에서는 더욱 자주, 뚜렷이 드러내곤 했다.

　그는 자신에게 엄격했다. 혼자 있을 때에는 진(Gin)으로 고급 포도주를 마시고 싶은 기분을 달랬다. 연극을 좋아했지만 20년 동안 극장에 가 본 적이 없었다. 그러나 다른 사람들에 대해서는 너그럽기로 정평이 나 있었으며, 때로는 누가 왕성한 혈기를 못 이겨 그릇된 행위를 저지르면 거의 부러움에 가까운 심정이 되어 감탄했다. 그러다 그들이 궁지에 몰리면 책망하기보다 도와주고 싶어 했다.

"나는 카인의 이단에 마음이 가는군. 만약 내 형제가 지옥의 악마가 있는 곳으로 가고 싶어 해도 난 그대로 내버려 둘 거야"라는 기이한 말을 입버릇처럼 했다. 이런 성격 때문에 그는 종종 타락한 자들의 생애 최후의 순간까지 훌륭한 친구로 남아 주었고, 그들에게 훌륭한 감화를 주었다. 더욱이 이런 사람들이 자기 사무실에 찾아와도 그는 싫은 기색을 조금도 보이지 않았다.

어터슨에게 이는 대단한 일이 아니었다. 연기는 쉬웠다. 왜냐하면 그는 여간해서는 자기 감정을 밖으로 잘 드러내지 않는 데다가 그의 사교 생활 역시 따뜻한 관용의 정신을 바탕에 깔고 있는 것 같았기 때문이다. 우연한 기회로 알게 된 사람들을 기존의 자기 교우 관계에 그대로 받아들이는 것은 겸손한 사람들의 특징이다. 이 변호사가 바로 그런 사람이었다.

그의 친구들이라고 해 봐야 친척 아니면 옛날부터 알고 지내 온 사람들이 대부분이었다. 그가 나타내는 호감은 담쟁이의 넝쿨이 자라듯이, 사귄 시간의 길이에 따른 결과일 뿐 대상에 있어서 어떤 구별이 있는 것은 아니었다. 그러므로 그가 먼 친척

뻘이자 마을의 유명 인사인 리처드 엔필드와 친하게 지내는 것도 이상한 일이 아니었다.

이 두 사람 주변의 많은 사람은 그들이 상대방의 어떤 점을 좋아하는지, 또는 어떤 공통의 화제를 가지고 있는지 알 수 없었다. 두 사람의 일요일 산책길에서 그들과 마주친 사람들의 말에 따르면 두 사람은 서로 말이 없었고, 무척 따분해 보였으며, 다른 친구를 만나면 잘됐다는 듯이 큰 소리로 맞이한다는 것이었다. 그런데도 두 사람은 이 짧은 소풍을 대단히 중요하게 여겼고, 일주일의 행사 중에서 가장 중요한 행사로 끔찍이 아꼈다. 그들은 이 산책을 방해 없이 즐기기 위해 다른 즐거운 일이 생겨도 제쳐 놓았고, 긴급한 용무마저 무시했다.

어느 날, 두 사람은 산책을 하던 중 우연히 런던의 어느 번화가 뒷골목으로 접어들었다. 그 거리는 좁고 비교적 한산했지만 평일에는 장사꾼들로 붐비는 곳이었다.

그 거리의 주민들은 모두 잘사는 것 같았다. 그러나 더 잘되기를 바라며 치열하게 경쟁했고, 번 돈에서 남는 것은 손님에게 추파를 던지는 데 모두 쏟는 듯했다. 그래서 상점들 앞에는 마치 미소를 지으며 줄 서 있는 여종업원들처럼 손님을 유인하는 듯한 분위기가 거리를 따라 이어져 있었다.

평소의 화려한 모습을 감추고 있는, 비교적 인적이 드문 일요일조차 이 거리는 너저분한 이웃과 대조되어 숲속에 불이 난 것처럼 빛났다. 가게들의 덧문은 새로이 페인트칠되어 있었고, 잘 닦인 놋쇠 간판은 번쩍번쩍 윤이 났으며, 거리 전체가 깨끗하고 밝은 분위기로 넘쳐 보행자들의 눈을 즐겁게 해 주었다.

모퉁이에서 동쪽을 향하는 왼쪽 길로 두 번째 집에 이르면 점포의 열은 끊어지고 정원으로 둘러싸인 저택의 입구가 나왔다. 이 지점에 지붕 박공이 길 쪽으로 튀어나와 있는, 불길한 분위기를 자아내는 건물 한 채가 서 있었다. 그 건물은 2층이었다. 창문은 보이지 않았다. 아래층에 단 하나의 출입구만 있을 뿐 건물 전면에도 창문 하나 없이 빛바랜 밋밋한 벽으로만 되어 있었다.

어느 모로 보아도 그 집은 오랫동안 방치해 둔 흔적이 역력했다. 초인종이나 문 두드리는 쇠붙이도 달려 있지 않은 현관문은 페인트칠이 벗겨져 너덜너덜하고, 녹슬어 변색돼 있었다. 동네의 부랑자들은 후미진 곳에 몸을 숨기고 문짝에 성냥을 그어 댔으며, 어린아이들은 입구의 계단에서 가게 놀이를 하며 놀았고, 학교에 다니는 사내아이들은 정문에 붙어 있는 격자형 나무 흠 사이의 쇠시리에 칼자국을 내놓곤 했다. 그런데도 거의 이삼십 년 동안 이런 뜨내기 손님들을 내쫓거나 그들이 망쳐 놓은 곳을 수리하는 사람은 한 사람도 없었던 것 같았다.

엔필드와 어터슨 변호사는 이 뒷골목의 맞은편에서 걸어오고 있었다. 두 사람이 골목 입구에 이르렀을 때 엔필드가 지팡이를 들어 그 문을 가리켰다.

"저 문을 주의 깊게 본 적이 있습니까?"

그의 길동무가 긍정의 표시를 하자 그는 "제 생각이지만, 저 문은 아주 이상한 사건과 관련이 있어요" 하고 덧붙였다.

"그래?"

어터슨이 약간 놀란 목소리로 물었다.

"그게 뭔가?"

"음, 어떤 이야기냐 하면요."

엔필드가 이야기하기 시작했다.

"제가 아주 먼 데 갔다가 집으로 돌아오는 길이었어요. 캄캄한 겨울 새벽이었는데요. 한 세 시쯤 되었을 겁니다. 글자 그대로 아무것도 없는 동네를 지나가고 있었죠. 거리도, 온 시민들도 다 잠들어 있었어요. 거리에는 가로등만이 무슨 행렬을 맞이하듯 환하게 켜진 채 교회당처럼 텅 비어 있었죠. 나중에는 경찰관이 한 명이라도 보이면 얼마나 좋을까 하는 생각이 간절해지더군요. 그때 제 눈에 갑자기 두 사람의 모습이 들어왔어요. 한 사람은 체구가 작은 사내였는데 동쪽을 향해 성큼성큼 빠른 걸음으로 걸어가고 있었어요. 또 한 사람은 여덟 살에서 열 살쯤 되어 보이는 여자아이였는데 저기 교차로 쪽으로 열심히 뛰어가고 있더군요. 선생님, 두 사람은 당연히 길모퉁이에서 부딪칠 수밖에 없었지요. 이 이야기에서 가장 끔찍한 사건

11

이 바로 그다음에 일어났어요. 그 사내가 인정사정없이 여자아이를 짓밟더니 땅바닥에 누워 울부짖는 소녀를 내버려 두고 그냥 도망가 버리더란 말입니다. 이 이야기는 듣기에 별것 아닌 것 같아도, 실제로 보면 소름이 끼칠 정도였습니다. 도저히 인간 같지가 않았어요. 그것은 악마 같은 짓이었습니다. 저는 소리를 지르면서 재빨리 쫓아가서 그자의 목덜미를 잡아서 끌고 왔지요. 와 보니 벌써 꽤 많은 사람들이 몰려들어 울부짖는 아이를 에워싸고 있었습니다. 그런데 그 사내는 아주 태연했습니다. 반항을 하지도 않았는데, 나를 쳐다보는 그자의 모습이 하도 추악해 내 몸에서는 달리기를 했을 때처럼 땀이 나더군요. 알고 보니 거기 모여 있던 사람들은 여자아이의 가족들이었어요. 잠시 후 그 아이를 위해 부른 의사도 현장에 도착했습니다. 의사가 보더니 아이의 몸 상태는 괜찮지만 정신적 충격이 심하다고 말하더군요. 선생님은 여기서 이 이야기가 끝났으리라고 생각하시겠죠. 그러나 한 가지 묘한 일이 있었습니다. 저는 그 사나이를 처음 본 순간부터 혐오감을 느꼈죠. 그 아이의 가족들도 그랬고요. 당연한 일이었죠. 그러나 의사의 반응에는 좀 놀랐습니다. 그는 흔히 볼 수 있는 평범한 의사였어요. 확실한 나이나 특징도 없었고요. 심한 에든버러 사투리를 썼고, 감정은 백파이프처럼 둔한 사람이었습니다. 그런데 선생님, 그 의사도 우리와 똑같이 행동하더란 말입니다. 그 의사는 제 포로를 볼 때마다 그를 얼마나 죽이고 싶어 하는지, 그 충동을 자제하느라 얼굴이 하얗게 질릴 정도였습니다. 그가 제 마음이 어떠한지 알 수 있듯이 저도 그의 마음을 알 수 있었습니다. 그런데 그자를 죽일 수는 없으니까 우리는 차선책을 찾았어요. 우리는 그 사내한테 이 일을 엄청난 사건으로 만들 수 있고, 또 반드시 그렇게 하겠다고 말했습니다. 반드시 런던 전체에 그자의 이름을 평판이 좋지 않게 만들겠다고 말입니다. 만약 그에게 친구나 신용이 있다면 그것을 모두 잃게 해 주겠노라는 말도 했죠. 우리는 그렇게 격렬하게 그자를 몰아붙이는 와중에도 여자들이 그 사내에게 접근하지 못하게 하느라 아주 고생했습니다. 여자들 역시 먹이를 만난 독수리처럼 사나워져 있었기 때문이죠. 저는 그렇게 증오심으로 가득 찬 얼굴들을 본 적이 없었습니다. 그 한가운데에 정말 사탄처럼 사악하고 냉혹하고…… 물론 약간 두려움이 섞이긴 했지만, 비웃는 듯한 그 사나이가 있었지요. 그자는 '당신들은 이 사건을 미끼로 한몫 챙기려는 것 같은데, 나로서는 응할 수밖에 없겠죠. 신사는 소동을 좋아하지 않으니까요. 원하는 액수를 말해 보시오'라고 말했습니다. 그래서 우리는 그자를 압박해 아이의 가족에게 100파운드를 변상하라고 했습니다. 그자는 버티려다가 우리의 태도에 만만찮은 앙심이 있는 것을 알아채고는 결국 우리의 제안을 받아들였습니다. 다음은 돈을 받아 내는 일이었는데, 그자가 우리를 어디로 끌고 갔는지 아십니까? 바로 저 문 앞으로 데려갔습니다. 그 자는 보란 듯이 열쇠로 문을 열고 들어가서는 곧 10파운드짜리 금화 몇 개와 쿠츠 은행 앞으로 발행된 수표를 한 장 가지고 나왔습니다. 그 수표는 지참인 앞으로 돈이 지불되도록 서명이 돼 있었는데, 그 이름이 제 이야기의 핵심입니다. 하지만 차마 말씀드릴 수가 없군요. 다만 세상에 널리 알려져 있고, 가끔 활자화되기도 하는 이름이라는 것만 말씀드리죠. 금액이 꽤 컸는데, 그보다 더 큰 돈이라도 꺼낼 수 있을 정도로 틀림없이 서명이 되어 있었습니다. 서명이 진짜라면 말이죠. 나는 모든 게 의심스럽다, 새벽 네 시라는 시각에 지하실 같은 문 안으로 걸어 들어가 다른 사람 명의의 수표로 거의 100파운드를 갖고 나온다는 건 현실적으로 보통 사람이 할 수 있는 짓이 아니라고, 무례하다 싶을 정도로 그 사나이를 다그쳤습니다. 그런데 그자는 아주 태연하게 코웃음 치며 말했습니다. '걱정 마시오. 은행 문이 열릴 때까지 당신들과 함께 있다가 내가 직접 현금으로 바꿔 주리다'라고요. 그래서 의사, 아이의 아버지와 그 사나이, 저, 이렇게 네 사람은 제 집에서 날이 샐 때까지 기다린 다음 아침을 먹고 함께 은행으로 갔습니다. 저는 수표를 직접 창구에 제시하면서, 여러 가지 이유로 보아 이것은 위조 수표 같다고 말했습니다. 그런데 웬걸요, 수표는 진짜였습니다."

"쯧쯧."

어터슨이 혀를 찼다.

"선생님도 저와 같은 기분인가 보군요."

엔필드가 말했다.

"그렇죠. 씁쓸한 이야기입니다. 그 녀석은 도저히 상종할 수 없는, 정말 가증스러운 놈입니다. 그런데 수표를 발행한 인물은 신사 중에 신사인 데다가 유명한 사람입니다. 더 못마땅한 것은 그 사람이 선행이라는 것을 많이 베푸는 인물이라는 점입니다. 제 생각에는 무슨 협박의 대가가 아닌가 싶습니다. 어떤 정직한 사람이 젊었을 때 철모르고 저지른 죄의 대가로 터무니없는 돈을 뜯기고 있는 것 같습니다. 그래서 저는 저 집을 '공갈의 집'이라고 부르죠. 그것만으로 이 사건을 모두 설명하기에는 턱없이 부족하지만요."

그는 여기까지 말한 뒤 잠시 생각에 잠겼으나 곧 어터슨이 갑자기 던진 질문 때문에 생각에서 깨어났다.

"그런데 자네는 그 수표 발행인이 저 집에 살고 있는지 아닌지에 대해서는 모르는가?"

"그런 사람이 살 만한 곳이 아니잖습니까?"

엔필드가 대답했다.

"우연히 제가 수표 발행인의 주소를 알게 되었습니다. 그 사람은 다른 지역에 살고 있었습니다."

"그런데 자네는 그에게 저 집에 대해서는 아무것도 안 물어

봤단 말이지?"

어터슨이 물었다.

"그렇습니다. 신중을 기했던 것이지요" 하고 엔필드가 대답했다.

"저도 묻고 싶은 마음이 간절했지만 아무래도 마지막 심판의 날 같은 분위기가 될까 봐 물어보지 않았습니다. 일단 질문을 시작하면 하나의 돌을 굴리는 것처럼 되니까요. 조용히 산꼭대기에 앉아 있다가 돌을 굴리면 그것이 다른 여러 돌을 굴리고, 그러다가 생각지도 않게 평범한 사람이 자기 집 뒤뜰에서 그 돌에 머리를 맞을지도 모르죠. 그러면 그 사람 가족들은 성을 바꿔 다른 아버지와 살게 되잖아요. 선생님, 저의 생활신조는 이렇습니다. 경제적으로 어려운 사람에게는 되도록 질문하지 않는다."

"매우 좋은 신조로군."

어터슨 변호사는 말했다.

"하지만 저는 직접 그 집을 조사해 봤죠."

엔필드가 말을 이었다.

"그 집은 집 같지가 않았습니다. 그 문 외에 다른 문은 없었고, 이 사건의 주인공인 그자가 아주 가끔 드나드는 것 말고는 출입하는 사람도 없더군요. 2층에 창문 세 개가 골목으로 나 있지만 아래층에는 창이 없습니다. 그리고 2층의 창문들은 항상 닫혀 있고 깨끗합니다. 굴뚝이 하나 있는데, 평소에 연기가 나고 있는 것으로 보아 누군가가 그 집에 살고 있는 것이 틀림없어요. 하지만 확실하지는 않아요. 왜냐하면 그 거리에는 많은 건물이 빽빽이 들어차 있기 때문에 어디서부터 어디까지가 한 집인지 알 수가 없거든요."

두 사람은 또 한참을 말없이 걸었다. 잠시 후 어터슨이 입을 열었다.

"엔필드 군, 자네는 좋은 신조를 가지고 있군."

"네, 저도 그렇게 생각합니다."

"그렇지만 묻고 싶은 게 하나 있어."

어터슨 변호사는 말을 이었다.

"아이를 짓밟은 사내의 이름을 알고 싶어."

"글쎄요, 말씀드려도 해로울 건 없겠죠. 그는 하이드라는 사람이었습니다."

엔필드가 말했다.

"흠…… 어떻게 생겼나?"

"설명하기가 쉽지는 않아요. 외모는 어딘가 좀 이상한 구석이 있어요. 사람을 기분 나쁘게 하고, 아주 밉살스러운 데가 있어요. 저는 그렇게 거부감을 느낄 정도로 혐오스러운 사람을 본 적이 없습니다. 그런데 왜 그런 기분을 느끼는지 까닭을 모르겠어요. 그자는 어딘가 기형인 것 같기도 해요. 물론 꼭 집어서 말할 수는 없지만 좌우간 그런 느낌을 강하게 주는 놈입니다. 어딘가 특이하게 보이기는 한데 무엇이 특이한지 콕 찍어서 말할 수가 없단 말입니다. 안 돼요, 선생님. 설명하기가 어려워요. 제 기억력이 나빠서가 아닙니다. 지금도 그자의 모습을 생생히 떠올릴 수 있거든요."

어터슨은 다시 말없이 좀 더 걸었다. 무언가 깊은 생각에 잠긴 것 같았다.

"그 사내가 열쇠를 사용한 것은 확실하겠지?"

긴 침묵 끝에 그가 다시 물었다.

"물론이죠, 선생님……."

엔필드는 뜻밖이라는 표정으로 대답했다.

"그래, 그럴 줄 알았네."

어터슨이 말했다.

"이상하게 들린다는 것 잘 알아. 사실 여기에 관련한 또 한 사람의 이름을 자네에게 묻지 않는 이유는 나도 그 사람 이름을 알고 있기 때문이네. 그러니까 리처드, 자네 이야기는 내가 아는 이야기와 관련이 있어. 그러니 자네가 잘못 알고 있는 부분이 있으면 바로잡아 주는 게 낫지 않겠나."

"저한테 미리 그런 말씀을 해 주셨으면 좋았을 텐데요."

엔필드는 약간 언짢은 표정으로 대답했다.

"하지만 저는 고지식할 정도로 정확하게 이야기했습니다. 그자는 열쇠를 가지고 있었어요. 지금도 가지고 있단 말입니다. 그자가 열쇠를 사용하는 걸 봤거든요. 일주일도 안 됐어요."

어터슨은 크게 한숨을 쉴 뿐 한마디도 하지 않았다. 젊은 엔필드가 잠시 후 말을 이었다.

"아무 말도 하지 말라는 뜻인 것 같군요. 제가 너무 장황하게 떠벌린 것 같아서 부끄럽습니다. 이 사건은 두 번 다시 입 밖으로 꺼내지 않기로 약속하죠."

그는 말했다.

"전적으로 동감하네."

어터슨 변호사는 말했다.

"그렇게 하자고, 리처드."

하이드 씨 찾기

그날 저녁 어터슨은 우울한 기분으로 혼자 사는 자기 집으로 돌아왔다. 식탁에 앉았지만 식욕이 없었다. 그는 일요일마다 저녁 식사를 마치면 난롯가의 독서대 위에 딱딱한 신학 서적을 올려놓고 이웃 교회의 종이 자정을 알릴 때까지 읽은 뒤 경건하고 감사하는 마음으로 잠자리에 드는 습관이 있었다. 그러나 이날 밤, 그는 식탁보를 치우자마자 촛불을 들고 자신의 사무실로 갔다. 그리고 금고 가장 깊숙한 곳에 넣어 두었던 '지킬 박사의 유언장'이라는 서류를 꺼냈다. 그리고는 자리에 앉아서 걱정스러운 듯 이마를 찌푸리며 그 내용을 다시 살폈다.

유언장은 어터슨이 쓴 것이 아니라 의뢰인이 자필로 쓴 문서였다. 지금은 이미 작성된 것이라 어터슨이 보관하고 있지만,

작성할 당시만 해도 그는 작은 협력조차 거절했다. 유언장에는 의학 박사이며 민법학 박사, 법학 박사, 왕립 학사원 회원인 헨리 지킬이 사망할 경우 그의 전 재산은 '그의 친구이며 은인인 에드워드 하이드'에게 넘어간다고 명시돼 있었다. 그뿐만 아니라 지킬 박사가 '3개월 이상 실종 또는 이유 없이 부재하는' 경우에도 에드워드 하이드는 지체 없이 헨리 지킬의 후계자가 되며, 그는 박사 집의 하인들에게 약간의 돈을 지불하는 것 외에 아무런 부담 내지 의무를 지지 않는다고 명시돼 있었다.

이 문서는 어터슨 변호사에게 오래전부터 눈엣가시였다. 그는 변호사로서, 그리고 세상의 합리적이고 관습적인 면을 존중하는 인간으로서 상식을 벗어난 일은 천박한 것으로 여겼으므로 이 문서는 그의 감정을 상하게 했다. 게다가 자신이 하이드라는 사람을 전혀 모른다는 사실 때문에 그의 분노는 더욱 커졌다. 한데 이제 갑작스런 사태의 전개로 그는 그자를 알게 되었다.

어떤 사람에 대해 그 이름 외에 아무것도 모를 때에는 그것만으로도 기분이 나빴다. 그런데 그 이름에 여러 가지 가증스러운 성격이 덧붙여지기 시작하자 더욱 불쾌했다. 오래전부터 그의 눈을 혼란스럽게 하고, 자꾸 모습을 바꾸며 손에 잡히지 않던 안개 속에서 갑자기 뚜렷한 악마의 모습이 튀어나왔던 것이다.

"미친 짓인 줄 알았지."

어터슨은 그 지긋지긋한 서류를 금고 안에 다시 넣으면서 "수치스러운 일이 일어날 것 같아 걱정되는군" 하고 중얼거렸다.

그는 촛불을 입으로 불어 _끄고_ 커다란 외투를 걸친 다음 의학의 전당인 카벤트리 광장 쪽으로 걸어갔다. 거기에는 그의 친구이자 위대한 박사인 래논의 집이 있었다. 그는 거기서 떼로 몰려오는 환자들을 치료하고 있었다.

'사정을 아는 사람이 있다면, 그 사람은 래논밖에 없지.'

어터슨은 그렇게 생각했던 것이다.

근엄한 집사가 그를 알아보고 반갑게 맞이했다. 어터슨은 기다릴 필요도 없이 곧장 현관에서 식당으로 안내되었다. 그곳에서는 래논 박사가 포도주를 놓고 혼자 앉아 있었다. 그는 몸집은 작지만 활기차고 건강하며 혈색 좋은 신사다. 나이에 비해 머리가 빨리 센 편이었지만 항상 쾌활하며 결단력이 좋았다. 그는 어터슨을 보자마자 벌떡 일어나 두 팔을 벌려 친구를 맞았다. 그의 그런 다정한 태도는 보는 사람에게 연극 같은 느낌을 주기도 했지만 그것은 진심의 표시였다. 왜냐하면 두 사람은 오랜 친구 사이였고, 어린 학창 시절부터 대학까지 동창이었으며, 서로를 존경하고 있었다. 그리고 누구나 항상 그렇게 되는 일은 아니지만 그들은 함께 어울리는 일을 즐거워했다.

잠시 이런저런 이야기를 나눈 끝에 어터슨 변호사는 내내 마음에 걸리던 불쾌한 화제를 꺼냈다.

"이보게, 래뇬."

그는 말했다.

"자네와 나 정도라면 헨리 지킬에게는 가장 오래된 두 친구라고 할 수 있겠지?"

"내 친구들이 더 젊었으면 더 좋을 텐데 말이야."

래뇬 박사는 소리 내어 웃었다.

"나도 그 말이 맞는 것 같네. 그런데 그게 어째서? 요즈음엔 그 친구를 자주 만나지 못했어."

"정말?"

어터슨이 말했다.

"난 또 같은 의사라 자주 보는 줄 알았지."

"옛날 얘기지."

래뇬 박사가 대답했다.

"하지만 헨리 지킬이 내 눈에 희한한 사람으로 변한 지가 벌써 10년이 넘었네. 그 친구는 이상해졌어. 머리가 이상해졌다고. 물론 옛 우정 때문에 그 친구에게 관심을 계속 두고 있지만 요즘에는 통 만난 적이 없어. 그런 비과학적인 헛소리를 자꾸 하면 데이먼과 피티어스*라도 갈라설 걸."

---

* 목숨을 걸고 신의를 지킨 그리스 신화 속의 두 친구다.

박사는 갑자기 얼굴을 붉히면서 말했다.

약간 화가 난 듯한 친구의 말에 어터슨은 오히려 조금이나마 마음이 놓였다. '두 사람이 학문적인 일로 다소 의견 차이가 있었나 보다' 하는 생각이 들었기 때문이다. 그리고 어터슨은 재산 양도 문제를 제외하고는 학문적인 정열이 별로 없었으므로 '그 이상 악화되지는 않겠지!' 하는 생각도 했다. 그는 친구가 평정을 되찾을 때까지 잠시 기다렸다가 묻고자 했던 질문을 꺼냈다.

"자네는 혹시 그 친구가 뒤를 봐주고 있는 하이드라는 사람을 본 적이 있는가?"

"하이드?"

래논은 그 이름을 되풀이했다.

"아니, 이름도 못 들어 봤네. 한 번도."

그것이 어터슨 변호사가 알아낸 사실의 전부였다.

그가 집으로 돌아와 크고 어두운 침대에서 이리저리 뒤척이는 동안 자정이 지나고 아침이 왔다. 그는 밤새도록 어둠 속에서 이런저런 의문을 푸느라 신경을 쓴 탓에 편히 자지 못했다.

어터슨의 집 가까이에 있는 교회의 종이 여섯 시를 알렸다. 그는 그때까지 여전히 그 문제에 골몰하고 있었다. 지금까지 그 문제는 그의 지적인 면에서만 작용하고 있었는데 지금은 상상력까지 개입되다 보니 이제는 그 문제의 노예가 돼 버렸다.

캄캄한 밤의 어둠 속에서, 그리고 커튼이 처진 방 안에 누워 몸을 뒤척이는 동안 엔필드의 이야기가 그의 마음속에서 슬라이드처럼 차례로 스쳐 갔다.

밤 깊은 도시에 깔린 휘황찬란한 가로등 빛의 바다가 느껴지는 듯했다. 그리고 바쁜 걸음으로 걸어가는 한 사람의 모습, 그 다음에는 병원에서 집으로 달려가는 한 아이. 두 사람은 부딪친다. 그러자 인간의 모습을 띤 악마가 아이를 짓밟아 눕힌 뒤 아이의 울부짖는 소리에도 아랑곳하지 않고 그냥 가 버린다.

그런가 하면 호화로운 저택의 방이 보인다. 그곳에 그의 친구가 잠들어 있다. 그는 꿈에 취해 미소를 짓는다. 그때 방문이 열리고 누군가가 침대의 휘장을 잡아 젖힌다. 그 바람에 잠자던 사람이 깬다. 보라! 옆에는 불가사의한 힘을 부여받은 한 사람이 서 있다. 그리고 잠자던 이는 이 밤 깊은 시각에도 자리에서 일어나 그자의 명령에 따라야 한다.

변호사는 이 두 장면 속의 그 인물을 밤새도록 머리에서 떨쳐 버릴 수 없었다. 그가 깜박 잠들면 그 환영은 모두가 잠들어 고요한 집에 더욱 교묘하게 숨거나 더욱 재빨리, 점점 더 어지러울 만큼 재빠르게 불 켜진 도시의 더 넓은 미로 속을 달리며 길모퉁이에서 아이들과 마주칠 때마다 그들을 짓밟고는 울부짖는 아이를 팽개친 채 달아나는 것이었다.

더욱이 그 환영 속의 인물은 얼굴이 없어 누군지 알아볼 수 없었다. 꿈에서조차 얼굴이 없었다. 있었다 하더라도 그의 눈을 혼란에 빠뜨린 채 눈앞에서 사라져 버렸다. 그래서 변호사의 마음에는 진짜 하이드의 이목구비를 보고 싶은 호기심이 이상하리만큼 강하게, 거의 비정상적으로 싹텄다. 그리고 무럭무럭 자라났다.

세상의 수수께끼들을 잘 조사해 보면 그렇듯이, 한 번이라도 그자를 똑바로 볼 수 있다면 이 의혹이 파헤쳐지고 아마 깨끗이 사라져 버리리라. 그는 자신의 친구인 지킬 박사가 하이드라는 이를 편애하는 이유, 두 사람 사이에 얽힌 괴상한 유대(뭐라 불러도 상관없지만)의 원인, 나아가 유언장에 포함된 이해할 수 없는 조항에 얽힌 사연까지 알 수 있을 것이다. 그리고 그 얼굴은 보아 둘 가치가 있다. 그 얼굴은 자비라곤 조금도 없는 자의 얼굴이요, 감수성이 부족한 엔필드의 마음에까지 사라지지 않는 증오심을 심어 준 얼굴인 것이다.

그 후 어터슨은 상점이 늘어선 뒷골목의 그 문 주변을 자주 찾아갔다. 근무가 시작되기 전의 아침 시간에도, 일이 많아 시간이 거의 없는 한낮에도, 안개에 싸인 도시의 달빛이 비치는 밤에도, 낮과 밤을 가리지 않고, 혼자 혹은 군중 속에 섞여 어터슨 변호사는 자신이 선택한 그 자리에 모습을 나타냈다.

'그자가 하이드(Hide, 숨다)라면, 나는 시크(Seek, 찾다)가 되겠다.'

그는 속으로 다짐했다.

마침내 그의 인내가 보상을 받게 되었다. 어느 맑고 건조한 밤이었다. 공기는 얼어붙었고, 거리는 무도회장의 바닥처럼 깨끗했다. 가로등은 어떤 바람에도 흔들림 없이 빛과 그림자로 이루어진 규칙적인 무늬를 바닥에 드리우고 있었다. 열 시쯤 되자 가게들은 문을 닫았고, 골목은 매우 한산해졌다. 사방에서 들려오는 도심의 소음이 낮게 깔렸지만 전체적으로 아주 고요했다. 작은 소리마저 멀리까지 울렸다. 가정집에서 흘러나오는 가족들의 이야기 소리는 길 양옆에서도 분명하게 들렸고, 통행인이 다가오는 소리가 모습이 드러나기 훨씬 전에 그가 다가오는 것을 알렸다.

어터슨이 제자리에 잠시 서 있는데 약간 이상하고 가벼운 발걸음 소리가 다가왔다. '야간 순찰'을 오랫동안 하다 보니 먼 곳에서 접근하는 한 사람의 발소리가 낮고 넓게 깔린 도시의 잡음과 소음을 뚫고 갑자기 뚜렷하게 들려오는 이상한 경험에는 이미 오래전부터 익숙해져 있었다. 그러나 그의 주의가 그렇게 날카롭게, 그리고 결정적으로 끌린 적은 없었다. 발걸음 소리와 함께 어떤 강하고 미신적인 예감이 밀려오자 어터슨은 황급히 골목 입구로 몸을 숨겼다.

발걸음 소리는 빠른 속도로 점점 가까이 다가오다가 모퉁이를 돌더니 갑자기 커졌다. 어터슨 변호사가 골목 입구에서 내

다보자, 곧 그가 상대해야 할 자의 모습을 볼 수 있었다. 그자는 작았고 옷차림이 매우 수수했다. 그 모습은 먼 곳에서 봐도 무언가 굉장히 거부감을 느끼게 했다. 그자는 시간을 절약하기 위해서인지 차도를 가로질러 곧장 문 쪽으로 걸어갔다. 문 앞에 선 그자는 마치 제집에 온 사람처럼 자연스럽게 호주머니에서 열쇠를 꺼냈다.

어터슨은 앞으로 나가 그의 어깨를 툭 쳤다.

"하이드 씨, 맞죠?"

하이드는 헉 하고 숨을 삼키며 뒤로 물러섰다. 그러나 그의 두려움은 잠시뿐이었다. 그는 어터슨의 얼굴을 똑바로 보지는 않았지만 침착하게 대답했다.

"이름은 맞습니다만, 용건이 뭐죠?"

"이 집에 들어가시려는 것을 봤기 때문입니다. 저는 지킬 박사의 오랜 친구로, 곤트가에 사는 어터슨이라고 합니다. 제 이름을 들어보셨겠지요. 선생과 때마침 잘 만났으니, 저도 집에 들어갈 수 있을까 하오만."

"지킬 박사는 만날 수 없을 게요. 지금 집에 안 계시니까."

하이드는 그렇게 대답하고 나서 열쇠에 묻어 있는 먼지를 불었다. 그러고는 고개도 들지 않은 채 갑자기 "나를 어떻게 아시죠?"라고 물었다.

"선생께 한 가지 부탁이 있습니다."

어터슨이 말했다.

"말씀하십시오. 뭐요?"

"선생의 얼굴을 좀 볼 수 있을까요?"

하이드는 망설이는 것 같았다. 그러더니 갑자기 마음을 굳힌 듯 반항적인 태도로 그를 향해 돌아섰다. 두 사람은 몇 초 동안 서로 노려보았다.

"이제 다시 보면 선생을 알아볼 것 같습니다."

어터슨이 말했다.

"도움이 될 일이 있겠지요."

"그래요."

하이드가 대꾸했다.

"만나서 다행이오. 마침 잘됐소이다. 내 주소도 드리죠."

그는 소호 지구에 있는 어느 거리의 주소를 알려 주었다.

'이런!'

어터슨은 깜짝 놀랐다.

'이자도 유언장을 생각하고 있는 걸까?'

그러나 그는 그런 생각을 감추고 주소를 잘 알아들었다는 말만 어물어물할 뿐이었다.

"그건 그렇고,"

상대방이 말했다.

"저를 어떻게 아셨습니까?"

"인상착의를 들었죠."

어터슨이 대답했다.

"누구한테서요?"

"선생과 저는 같이 아는 친구들이 있지 않나요?"

"같이 아는 친구들?"

하이드는 약간 쉰 목소리로 되물었다.

"그 사람들이 누구죠?"

"예를 들면 지킬 같은 사람이요."

"그는 당신에게 내 얘기를 한 적이 없소!"

하이드가 분노로 얼굴을 붉히며 소리쳤다.

"당신이 거짓말을 할 사람이라고는 생각하지 않았는데!"

"이봐요."

어터슨이 말했다.

"말씀이 좀 지나치시군."

상대의 큰 웅얼거림은 난폭한 웃음으로 바뀌었다. 그다음 순간, 그는 놀랄 만큼 빠른 속도로 문을 따더니 집 안으로 사라졌다.

하이드가 그를 남기고 사라지자 어터슨 변호사는 불안한 모습으로 잠시 서 있었죠. 그러고 나서 천천히 거리 쪽으로 걷기 시작했으나 한두 걸음 걷다가 멈추고는 정신이 혼미한 사람처럼 이마에 손을 얹었다.

그가 걸어가는 동안 씨름하고 있는 문제는 좀처럼 풀리지 않는 종류의 것이었다. 하이드는 얼굴이 창백하고 자그마한 사나이였다. 그는 꼭 짚어서 말할 수는 없지만 기형이라는 인상을 주었다. 그의 미소는 사람을 불쾌하게 만들었고, 상대를 대하는 태도에는 소심함과 대담함이 위험하게 섞여 있었다. 또 그는 쉰 목소리로 속삭이는 듯이 말했으며 말소리도 거칠었다. 모든 것이 어터슨에게 거슬렸지만 이것들을 모두 합쳐도 그자를 대할 때 어터슨이 느꼈던 알 수 없는 역겨움, 증오, 공포는 설명되지 않았다.

'무언가 다른 게 있겠지.'

혼란에 빠진 이 신사는 생각했다.

'꼭 짚어서 말할 수는 없지만 뭔가가 또 있어. 하느님 맙소사, 이자는 전혀 인간 같지가 않아. 원시인 같다고나 할까. 옛날이야기에 나오는 펠 박사* 같은 자인가? 아니면 사악한 영혼의 빛이 육체의 형상에 스며들어 저렇게 변형된 것일까? 그런 것 같아. 아, 가엾은 내 친구, 헨리 지킬! 만일 인간의 얼굴에서 악마의 모습을 볼 수 있다면, 자네 새 친구의 얼굴이 바로 그런 얼굴일세.'

골목에서 나와 모퉁이를 돌면 고풍스럽고 훌륭한 저택들이

---

* 이유 없는 증오의 대상을 말한다.

늘어선 구역이 나온다. 지금은 대체로 빛이 바래 층별로, 방별로 칸칸이 나누어 온갖 신분의 사람들에게 세를 주고 있었다. 그곳에는 지도 도안사, 설계사, 사이비 변호사, 그리고 수상쩍은 브로커 같은 사람들이 살고 있었다. 그러나 모퉁이에서 두 번째 집은 지금도 한 채가 고스란히 한 사람의 소유로 되어 있다. 출입문의 부채꼴 봉창에서만 불빛이 새어 나올 뿐 지금은 완전히 어둠에 휩싸여 있지만, 그 집 문은 부와 안락의 당당한 모습을 띠고 있었다. 어터슨은 그 앞에 멈춰 문을 두드렸다. 곧 잘 차려입은 늙은 집사가 문을 열었다.

"지킬 박사 계신가, 풀?"

"계신가 보고 오겠습니다. 어터슨 씨."

풀은 손님을 천장이 낮고 안락한 큰 방으로 안내하면서 그렇게 말했다. 그 방에는 바닥에 깃털로 만든 카펫이 깔려 있었고 시골 저택을 흉내 내어 만든 화려한 개방식 난로로 인해 따뜻했으며 값비싼 떡갈나무 진열장들이 놓여 있었다.

"여기 난로 옆에서 기다리시겠습니까? 아니면 식당에 불을 켜 드릴까요?"

"여기서 기다리겠네. 고마우이."

어터슨은 그렇게 말한 다음 난로 주변의 높은 난간에 다가가 몸을 기댔다. 지금 그가 혼자 있는 그 방은 박사이자 그의 친구인 지킬이 가장 아끼는 방이었으며, 어터슨 자신도 런던에서 사람을 가장 기분 좋게 만드는 방이라고 전부터 말했다. 그러나 오늘 밤 그는 뼛속까지 몸서리를 치고 있었다. 하이드의 얼굴이 그의 머릿속에 무겁게 자리 잡고 있었기 때문이다. 드문 경우였지만 그는 생명에 대해 메스껍고 혐오스러운 느낌이 들었다. 기분이 우울한 탓인지 너울거리는 난로의 불빛이 가구와 천장에 그림자를 드리우는 것에도 위협을 느꼈다.

잠시 후 풀이 돌아와 지킬 박사는 외출 중이라고 알렸다. 어터슨은 안도감이 들었으나 한편으로는 그런 자신의 마음이 부끄러웠다.

"나는 좀 전에 하이드 씨가 옛날에 해부실로 쓰던 집으로 들어가는 것을 봤네, 풀."

그는 말했다.

"지킬 박사가 집에 없는데 그래도 괜찮은 건가?"

"괜찮고 말고요, 어터슨 씨."

집사가 대답했다.

"하이드 씨도 열쇠를 가지고 계십니다."

"자네 주인은 그 사람을 대단히 신임하는 모양이군, 풀."

그는 골똘히 생각하며 말을 이었다.

"그렇습니다. 주인님은 정말 그렇습니다. 저희는 모두 그분께 복종하라는 분부를 받았습니다."

"나는 하이드 씨를 본 적이 없는 것 같은데?"

"그러실 겁니다. 그분은 여기서 식사를 하는 일이 전혀 없으니까요."

어터슨의 질문에 집사가 대답했다.

"사실 저희들은 이 집에서 거의 그분을 보지 못합니다. 그분은 대개 실험실 쪽으로 출입하거든요."

"그런가. 그럼 잘 있게, 풀."

"안녕히 가십시오, 어터슨 씨."

어터슨 변호사는 매우 무거운 마음으로 집을 향해 발걸음을 옮겼다. 그는 생각했다.

'가엾은 헨리 지킬. 몹시 어려움에 처해 있는 것 같아 걱정이 되는군! 젊었을 적에는 거칠게 놀았지. 물론 먼 옛날이야기이긴 하지만. 그러나 신의 법에는 시효라는 것이 없지. 그래, 틀림없어. 무언가 옛날에 저지른 죄악의 유령, 감춰져 있는 추악한 행위가 암으로 도진 거야. 자기 기억에서 오래전에 사라졌고, 이기심 때문에 이제는 죄책감도 느끼지 않지만, 그 죄의 대가가 발을 절룩거리며 찾아오고 있는 거야.'

생각이 여기에 이르자 어터슨도 두려워졌다. 그는 잠시 자신의 과거를 떠올렸다. 혹시 옛날에 저지른 잘못이 도깨비 상자의 괴물 인형처럼 느닷없이 튀어나와 놀라는 일이 없도록 기억의 모든 구석까지 더듬었다.

그의 과거는 대체로 나무랄 데가 없었다. 인생의 역사를 되짚으면서 그처럼 걱정할 필요가 없는 인간은 드물 것이다. 그래도 그는 과거에 행했던 많은 나쁜 짓에 대해 부끄러워했고, 또한 자칫 저지를 뻔했던 많은 나쁜 짓들을 생각하고서 다시 진지하고 엄숙한 감사의 마음을 찾았다. 그러고 나서 먼저 생각했던 문제로 돌아갔다. 희망의 빛이 떠올랐다.

'이 하이드라는 자를 잘 조사해 보면 틀림없이 비밀이 숨어 있을 거야. 그자의 생김새를 보면 사악한 비밀이 있는 게 분명해. 그 비밀에 비하면 가엾은 지킬의 비밀은 아무리 악질적인 것이라 하더라도 햇빛과 같을 테지. 이대로 이 일을 내버려 둘 수는 없어. 이 녀석이 도둑놈처럼 헨리 지킬의 침대 곁에 숨어든다는 것을 생각하니 오싹해지는군. 가엾은 헨리 지킬, 깜짝 놀라 일어나겠지! 그리고 너무 위험해. 이 하이드라는 자가 유언장의 존재를 알아차리게 되면 빨리 상속을 받기 위해 안달을 할 테니. 아, 무슨 수를 써서라도 도와줘야 해. 지킬이 허락해 줘야 할 텐데.'

어터슨 변호사는 다시 되뇌었다.

'지킬이 허락해 줘야 할 텐데.'

그러자 다시 그의 마음의 눈앞에 유언장의 이상한 조항이 투명한 그림처럼 또렷하게 떠올랐다.

지킬 박사, 한숨 돌리다

2주일 뒤, 지킬 박사는 대여섯 명의 옛 친구들을 초대하여 흥겨운 만찬 파티를 열었다. 그들은 모두 학식과 명성이 뛰어난 사람들이었으며, 좋은 와인을 감별할 줄 아는 안목도 갖춘 사람들이었다.

어터슨은 다른 손님이 돌아간 뒤에도 남아 있기로 마음먹었다. 이런 일은 새삼스럽지 않았다. 사람들은 어터슨을 대단히 좋아했다. 파티를 주관한 사람들은 뱃속 편하고 말 많은 다른 손님들이 모두 문지방 바깥으로 나간 뒤에도 이 무뚝뚝한 변호사를 붙들어 두고 싶어 했다. 잘 나서지 않는 친구와 잠시 같이 앉아, 웃고 떠드느라 지친 정신과 긴장을 이 사람의 짙은 침묵 속에서 가라앉히고 고독한 분위기를 만끽하고 싶어 했기 때문이다. 이런 관례에 관한 한 지킬 박사도 예외는 아니었다.

지금 난로를 사이에 두고 손님과 마주 앉은 박사는 크고, 풍채가 좋았으며, 수염을 기르지 않은 쉰 살의 신사였다. 외모에는 약간 어두운 구석이 없지 않았으나 유능함과 착한 마음씨가 확연하게 드러나 있었다. 그의 얼굴을 보면 그가 어터슨에 대해 진실한 마음과 따뜻한 우정을 품고 있다는 것을 알 수 있다.

"지킬, 전부터 자네와 얘기 좀 하고 싶었네."

어터슨이 먼저 말을 꺼냈다.

"자네 유언장에 관한 얘기야."

주의 깊은 관찰자라면 지킬 박사가 이 화제를 불쾌하게 여긴다는 걸 짐작할 수 있었을 것이다. 그러나 박사는 유쾌하게 받아넘겼다.

"어터슨, 나 같은 고객을 만난 자네가 운이 없는 걸세. 내 유언장 때문에 자네처럼 심적 고통을 받는 사람은 못 봤어. 물론 내 학설을 비과학적인 이단이라고 부르는 저 고집쟁이 래논은 예외지만. 물론 래논이 좋은 친구라는 건 알아. 그렇게 얼굴을 찡그릴 필요는 없지 않나. 훌륭한 친구지. 항상 더 자주 보고 싶어. 하지만 아무리 그래도 그 친구는 편협한 공론가야. 무식하고, 잘난 척 떠들어 대는 공론가에 불과해. 나는 누구보다 래논에게 크게 실망했네."

"자네도 알다시피 나는 그걸 인정하지 않았네."

어터슨은 이 새 화제를 깡그리 무시하고 곧바로 본론을 밀고 갔다.

"내 유언장 말인가? 그래, 물론 나도 알지."

박사는 약간 신경질적으로 말했다.

"전에 나한테 그렇게 얘기했지."

"그래, 한 번 더 말하겠네."

어터슨 변호사는 말을 이었다.

"나는 하이드라는 젊은 사람에 관해 조금 알아냈어."

지킬 박사의 크고 잘생긴 얼굴이 입술까지 파래졌고 눈가에는 검은 그늘이 드리워졌다.

"더는 듣고 싶지 않은데."

박사가 말했다.

"그 문제는 더는 꺼내지 않기로 합의했던 걸로 기억하고 있는데."

"난 그 친구에 대해 끔찍한 이야기를 들었어."

어터슨이 계속 말했다.

"그것 때문에 유언장을 바꿀 수는 없어. 자네는 내 입장을 모르지 않나."

박사는 일관성 없는 태도로 대답했다.

"나는 지금 괴로운 처지에 있어, 어터슨. 내 입장은 아주 묘하고…… 아주 묘한 입장이야. 이야기로 해결할 수 있는 문제가 아니란 말이야."

"지킬."

어터슨이 말했다.

"나를 잘 알지 않나. 나는 믿어도 좋은 사람이야. 날 믿고 마음을 털어놓게. 반드시 자네를 곤경에서 구해 줄게."

"고마워, 어터슨."

박사는 말했다.

"자네는 좋은 친구야. 정말 좋은 친구야. 뭐라고 고마움을 표시해야 할지 모르겠어. 나는 자네를 전적으로 믿어. 이 세상 누구보다 자네를 믿지. 아, 나에게 선택권이 있다면 나 자신보다 자네를 더 믿겠네. 그러나 이 일은 자네가 상상하는 그런 일이 아닐세. 그렇게 나쁜 일은 아니야. 자네를 조금이라도 안심시키기 위해 한 가지만 말해 줄게. 나는 마음만 먹으면 언제든지 하이드 씨와 인연을 끊을 수 있어. 그건 자네에게도 맹세할 수 있다네. 그리고 자네에게 두고두고 감사하겠어. 딱 하나만 더 부탁하는데, 어터슨, 나는 자네가 좋은 쪽으로 생각해 줄 거라고 믿네. 이것은 개인적인 문제일세. 제발 부탁하는데, 이만 덮어 두자고."

어터슨은 난롯불을 바라보며 잠시 생각에 잠겼다.

"물론 자네 말이 전적으로 맞아."

한참 후 그는 이렇게 말하고 자리에서 일어섰다.

"음, 기왕에 우리가 이 문제를 거론했으니 하는 말이지만, 마지막으로 소원이 하나 있네."

박사는 계속했다.

"이것 하나만큼은 자네가 이해해 주었으면 해. 나는 불쌍한 하이드에게 정말 관심이 많네. 자네가 그 친구와 만났다는 걸 나도 알아. 그 친구가 말해 주더군. 그가 무례하게 굴었을까 봐 걱정돼. 하지만 나는 그 젊은이한테 아주 큰 관심이 있네. 그래서 하는 말인데, 내가 죽으면 어터슨 자네가 그를 참고 돌봐 주고, 그의 권리를 지켜 주겠다고 나한테 약속해 주게. 모든 사정을 안다면 아마 자네도 기꺼이 그렇게 해 주리라고 생각하네. 자네가 약속만 해 준다면 내 마음이 한결 가벼워질 거야."

"내가 그를 좋아할 수 있다고 거짓말할 수는 없네."

어터슨 변호사가 말했다.

"좋아해 달라고 부탁하는 게 아니야."

박사는 어터슨의 팔을 잡으며 간절하게 애원했다.

"공정하게 대우해 달라는 말이네. 내가 이 세상에 없을 때 나를 대신해 그 사람을 도와주기만 하면 된다는 말일세."

어터슨은 참지 못하고 한숨을 내쉬었다. 그는 말했다.

"그러면, 약속하지."

커루 살인 사건

그로부터 1년쯤 후인 18××년 10월, 런던 전체를 발칵 뒤집은 끔찍한 범죄가 터졌다. 희생자의 높은 사회적 지위 때문에 이 사건은 더욱더 세상의 이목을 끌었다.

사건의 전말은 단순하면서도 놀라운 것이었다. 강에서 멀지 않은 어느 집에 혼자 사는 하녀가 열한 시쯤 잠자러 2층으로 올라갔다. 한밤중에는 도시 전체가 안개에 잠기지만 이른 밤에는 구름 한 점 없었다. 그래서 이 하녀의 창에서 내려다보이는 골목길은 보름달 덕분에 환했다. 그녀가 창문 바로 밑에 있는 상자에 걸터앉아 사색에 잠겼던 것을 보면 그녀는 꽤 낭만적인 기질이 있었던 것 같다. 이날 밤보다 (그날 사건을 진술할 때 그녀는 으레 눈물을 흘렸다) 모든 사람들이 정답게 느껴지고 세상이 따뜻하게 보인 적은 없었다.

그녀가 그렇게 앉아 있는데 나이 지긋하고 백발이 성성한 멋진 신사가 골목길을 걸어오는 것이 보였다. 그리고 이 신사를 마중 나왔는지, 체구가 매우 작은 또 다른 신사가 걸어왔다. 그녀는 두 번째 사람에게는 별 관심을 두지 않았다. 두 사람 사이가 말이 들릴 정도로 가까워지자 (그 지점이 마침 하녀의 눈 아래였다) 나이 든 신사는 매우 공손한 태도로 상대방에게 인사를 하고 말을 걸었다.

노신사의 용건은 별로 중요하지 않은 듯했다. 사실 노인이 어디를 손으로 가리키는 것으로 보아 단지 길을 묻고 있는 것 같기도 했다. 말을 하는 신사의 얼굴에 달빛이 비쳤고, 하녀는 그 모습이 보기 좋았다. 그 모습에는 순수함과 옛날식의 다정한 기질이 엿보이면서도 이유 있는 자신감에서 나오는 고상한 기품 같은 게 풍기고 있었던 것이다.

잠시 후 하녀는 다른 한 사람에게 시선을 돌렸다. 그리고 그가 하이드인지 뭔지 하는 사람이라는 것을 알아채고는 깜짝 놀랐다. 그자는 언젠가 그녀의 주인을 찾아온 적이 있었는데, 그때 그녀는 그에게 이유를 알 수 없는 반감을 느꼈던 것이다. 하이드라는 자는 손에 들고 있던 묵직한 지팡이를 계속 만지작거렸다. 하지만 신사의 말에는 한마디도 대꾸하지 않았으며, 악의가 서린 조급한 표정으로 신사의 말을 듣는 것 같았다. 그러다가 갑자기 벌컥 화를 내더니 발로 땅을 쿵쿵 치고 지팡이를 휘두르는 둥 (하녀의 표현에 따르면) 미치광이처럼 날뛰기 시작했다.

노신사는 매우 놀라고 약간 다친 듯한 모습으로 뒤로 물러섰다. 그러자 하이드는 완전히 자제력을 잃고 노신사를 지팡이로 두들겨 패 땅바닥에 눕혔다. 그다음에는 성질난 원숭이처럼 가엾은 노인을 마구 짓밟고 가격했다. 그 때문에 노신사의 뼈는 소리를 내며 부러졌고 몸뚱이는 길 위에 내동댕이쳐졌다. 이 끔찍한 모습과 소리에 하녀는 그 자리에서 졸도하고 말았다.

그녀가 정신을 차리고 경찰을 부른 것은 새벽 두 시였다. 살인자는 오래전에 사라졌으며, 길 한복판에는 믿을 수 없을 정도로 엉망이 된 피살자의 시체가 놓여 있었다. 범행에 사용된 지팡이는 매우 단단하고 무거운 나무로 만들어진, 흔히 볼 수 없는 독특한 디자인이었는데 비정하도록 난폭한 힘이 가해졌기 때문에 가운데가 부러졌다. 부러진 반쪽은 근처의 도랑에 뒹굴고 있었다. 물론 다른 한쪽은 범인이 가지고 갔을 것이다.

피살자의 몸에서 지갑과 금시계가 발견되었다. 그러나 명함이나 서류는 없었고, 다만 봉하여 우표를 붙인 편지 봉투가 하나 나왔다. 피살자는 편지를 부치러 우체국에 가는 길이었던 것 같았다. 그리고 편지의 겉봉에는 어터슨의 이름과 주소가 적혀 있었다.

그 편지는 다음 날 아침 어터슨 변호사가 잠자리에서 일어나기 전에 그에게 전달되었다. 그는 그 편지를 보자마자, 그리고 자초지종을 듣자마자 굳은 표정으로 입술을 삐죽 내밀었다.

"시체를 보기 전엔 아무 말도 못 하겠소만, 심각한 사건인 것 같군요. 옷을 입고 나올 테니 조금만 기다려 주십시오."

그리고 여전히 굳은 얼굴로 서둘러 아침 식사를 마친 다음 시체가 안치돼 있는 경찰서를 향해 마차를 몰았다.

"맞습니다."

어터슨은 시체실에 들어서자마자 머리를 끄덕였다.

"그분을 압니다. 유감스럽게도 이분은 댄버스 커루 경입니다."

"맙소사!"

경찰관이 외쳤다.

"그럴 리가요?"

그러나 곧 그의 눈은 직업적인 야망으로 빛났다.

"상당히 시끄러워질 것 같습니다."

그는 말했다.

"범인을 체포하는 데 선생님이 도와주실 수 있을지 모르겠군요."

그러고 나서 하녀가 본 내용을 간단히 들려줬고, 부러진 지팡이를 보여 주었다.

어터슨은 하이드라는 이름을 듣자마자 움찔했는데, 눈앞에 지팡이 반쪽이 놓이자 더는 의심하고 말 게 없었다. 반쪽밖에 없었지만 어터슨은 이것이 자기가 몇 해 전에 직접 헨리 지킬에게 선물한 지팡이라는 것을 알아봤던 것이다.

"그 하이드 씨라는 사람이 키가 작다던가요?"

그가 물었다.

"눈에 띄게 작고, 눈에 띄게 사악해 보였다고 하녀가 말하더군요."

경찰관이 대답했다.

어터슨은 잠시 생각에 잠겼다가 고개를 들며 말했다.

"저의 마차를 타고 같이 가 주신다면 그자의 집으로 모셔다 드리겠습니다."

이때 시각은 오전 아홉 시였고, 동네에는 이 계절에 들어 첫 안개가 자욱이 끼어 있었다. 초콜릿 색깔의 거대한 안개의 장막이 하늘에 낮게 드리워져 있었지만 바람이 수증기 덩어리를 줄기차게 공격하여 흩뜨리고 있었다. 마차가 굽이굽이 나 있는 거리들을 나아갈 때 어터슨은 놀랄 만큼 다양한 색과 농도로 물든 하늘을 바라보았다. 여기는 저녁의 끝 무렵이 된 것처럼 어두웠지만 저쪽은 대화재가 난 듯이 짙고 화려한 갈색으로 물들어 있었다. 또 이곳은 어느 순간에 안개가 끊어지면서 안개의 소용돌이 사이로 여윈 빛의 기둥이 비치기도 했다.

이처럼 시시각각 변하는 하늘 밑에 소호 지구*의 진흙탕 길과 볼품없는 행인들이 보였다. 그리고 항상 켜 놓는지, 아니면 가련한 어둠의 재침략을 물리치기 위해 다시 켰는지 알 수 없는 가로등들이 밝혀져 있었다. 변호사의 눈에는 악몽에나 나올 법한 도시의 구역처럼 보였다. 게다가 그의 머릿속에는 극도로 우울한 생각이 가득했다. 같이 마차를 타고 있는 일행을 흘끗 보자 법을 집행하는 관리에 대한 두려움이 희미하게나마 느껴졌다. 아무리 정직한 사람이라도 가끔은 이런 두려움을 느낄 것이다.

목적지에 마차가 도착했을 즈음에는 안개가 조금 걷혔고, 더러운 거리와 야한 술집, 싸구려 프랑스 식당, 싸구려 잡지와 샐러드를 파는 가게, 누더기 옷을 걸치고 문 앞에 모여 있는 어린 아이들, 아침 술을 마시려고 열쇠를 쥐고 지나가는 여러 국적의 여자들이 보였다. 그러나 곧 짙은 갈색 안개가 다시 깔리더니 그를 지저분한 주변 풍경으로부터 차단해 버렸다. 여기가 헨리 지킬이 가장 아끼는 자, 25만 파운드의 재산을 상속받을 자의 집이다.

얼굴이 상아처럼 매끈한 은발의 노파가 문을 열었다. 여자의 얼굴은 험상궂었으며, 가식적으로 얌전한 체했다. 하지만 사람을 대하는 태도는 훌륭했다.

---

* 런던 옥스퍼드가의 한 지구, 외국인이 경영하는 식당이 많다.

"예, 여기가 하이드 씨 댁입니다만 지금은 계시지 않습니다. 어젯밤에는 몹시 늦게 들어오셨습니다. 그런데 한 시간도 안 돼 다시 나가셨습니다. 이상할 건 없죠. 생활이 매우 불규칙한 분이시니까요. 또 집을 자주 비우시죠. 어제 뵌 것도 사실 거의 두 달 만이었으니까요" 하고 그 여자는 말했다.

"좋습니다. 그분의 방을 보고 싶은데요."

어터슨 변호사가 말했다. 여자가 안 된다고 말할 듯하자 그는 다시 덧붙였다.

"이분이 누구인지 말해 주는 게 좋겠군요. 이분은 런던의 경시청에서 나온 뉴커먼 형사입니다."

얄밉도록 좋아하는 표정이 그 여자의 얼굴을 스치고 지나갔다.

"세상에, 문제가 생겼군요! 무슨 짓을 저질렀죠?"

어터슨과 형사의 눈길이 마주쳤다.

"그분은 그다지 평판이 좋은 것 같지 않아요."

형사가 담담히 말했다.

"그런데 아주머니, 이분과 제가 잠깐 여기를 조사해야겠습니다."

하이드는 빈집이나 다름없는 이 넓은 집에서 두 개의 방만 사용하고 있었다. 거기에는 고급 취향의 호화로운 가구들이 놓여 있었다. 벽장은 포도주로 가득 차 있었고 식기는 은제였으며 식탁보도 우아했다. 벽에는 훌륭한 그림이 걸려 있었는데,

(어터슨의 추측으로는) 미술품 보는 눈이 대단히 좋은 헨리 지킬이 선물한 것 같았다. 양탄자 또한 여러 겹으로 짜인 두툼한 것으로 색깔이 훌륭했다. 그러나 급히 무언가를 뒤진 듯한 흔적이 방 곳곳에 있었다. 옷들은 호주머니가 뒤집어진 채 바닥에 팽개쳐져 있었고, 자물쇠 달린 서랍은 열려 있었으며, 난로 위에는 많은 서류를 태운 것처럼 회색의 재가 수북이 쌓여 있었다.

형사는 이 불탄 찌꺼기에서 타다 만 녹색 수표책을 찾아냈다. 부러진 지팡이의 반쪽은 방문 뒤에서 발견되었다. 이것으로 혐의가 충분히 입증된 셈이므로 경찰관은 매우 만족했다. 은행으로 가 본 결과 이 살인자의 명의로 수천 파운드의 예금이 있음을 알게 되었다. 형사는 만족스러웠다.

"이제 믿으셔도 좋습니다."

형사가 어터슨에게 말했다.

"그자는 이제 제 손안에 있습니다. 녀석은 어지간히 당황했나 봅니다. 그렇지 않고서는 지팡이를 방치하거나 수표책을 태워 버리지 않았겠죠. 범인에게 돈은 목숨이나 같은 것인데 말입니다. 우리는 이제 은행에서 놈을 기다리고, 수배 전단만 뿌리면 됩니다."

그러나 뒤에 말한 전단지는 간단한 문제가 아니었다. 왜냐하면 하이드에게는 친구들이 거의 없었기 때문이다. 하녀도 그를 두 번밖에 본 적이 없었다. 그의 가족은 어디에서도 찾을 수 없었고, 심지어 사진을 찍은 적도 없었다. 게다가 그의 생김새를 설명할 수 있는 소수의 사람들도, 목격자들이 흔히 그러하듯 저마다 말이 달랐다. 그러나 그들이 이구동성으로 말하는 단한 가지 특징은 이 도망자가 목격자들에게 남긴, 뭐라고 표현할 수 없는 기형의 느낌이었다.

편지 사건

어터슨이 지킬 박사의 집을 찾아간 것은 그날 오후 늦은 시각이었다. 그는 곧 풀의 안내를 받아 주방을 지나, 예전에 정원이 있었던 뒷마당을 가로질러 실험실 또는 해부실이라고 하는 건물로 들어갔다. 박사는 그 저택을 어떤 유명한 외과 의사의 상속인으로부터 매입했다. 그런데 박사의 취미는 해부보다 화학 쪽에 가까웠기 때문에 뜰 가장자리에 있는 이 건물의 용도를 바꾸었던 것이다.

어터슨 변호사가 친구 지킬의 거처 중에서 이 실험실까지 들어갈 수 있었던 것은 그날이 처음이었다. 그는 호기심이 어린 눈으로 창문 하나 없는 우중충한 건물을 쳐다보았다. 그리고 계단식 강의실을 지나갈 때에는 불쾌한 이질감을 느끼며 둘러

보았다. 그 강의실은 한때 열의에 찬 학생들로 붐볐지만 지금은 황량하고 침묵만 감돌았다. 탁자 위에는 화학 실험 기구들이 잔뜩 놓여 있었고 바닥은 나무상자들과 포장용 노끈들이 어지럽게 흩어져 있었으며 누르스름한 둥근 천장에서는 햇빛이 희미하게 새어 들고 있었다.

방 끝에 있는 계단을 올라가자 빨간 천으로 덮인 문이 나왔다. 어터슨은 그 문을 지나 박사의 서재로 들어갔다. 그 방은 넓었고, 둘레에는 유리가 달린 가구들이 놓여 있었다. 그리고 큰 거울과 사무용 책상이 눈에 띄었고, 쇠창살이 달린 먼지 낀 창문 세 개가 안뜰을 향하여 나 있었다. 벽난로에는 불이 타오르고 있었으며, 집 안까지 안개가 짙게 깔리기 시작한 탓에 난로의 선반 위에는 램프가 켜져 있었다. 그리고 난로 곁에 지킬 박사가 앉아 있었다. 병색이 짙은 얼굴이었다. 그는 손님이 왔는데도 일어나지 않았다. 다만 차가운 손을 내밀며 여느 때와 다른 목소리로 인사말을 건넬 뿐이었다.

"여보게."

어터슨은 풀이 방에서 나가자마자 입을 열었다.

"자네도 이야기 들었지?"

지킬 박사는 몸을 떨었다.

"사람들이 광장에서 시끄럽게 떠들더군. 우리 집 식당에서 다 들었어."

"한마디만 하지."

어터슨 변호사가 말했다.

"커루는 자네처럼 내 의뢰인이었네. 자네도 그렇겠지만 나는 이게 무슨 일인지 알아야겠어. 자네는 이 녀석을 숨겨 줄 만큼 정신이 나가진 않았겠지."

"어터슨, 하느님께 맹세하네!"

박사가 소리쳤다.

"하느님께 맹세하는데 이제 다신 그 녀석을 안 만나겠네. 명예를 걸고 자네에게 말하지만 나는 그자와 다 끝났네. 모든 것이 끝났어. 사실 그자는 나의 도움을 바라지도 않아. 자네는 나만큼 그자를 모를 거야. 그자는 안전해. 굉장히 안전해. 믿어 주게. 이제 그자에 대한 이야기는 절대로 들리지 않을 걸세."

어터슨 변호사는 침울한 표정으로 그 말을 듣고 있었다. 그는 친구가 흥분한 채 떠들어 대는 게 마음에 들지 않았던 것이다.

"자네는 그자에 대해 꽤 확신하는 것 같군. 자네를 위해서 하는 말인데, 자네의 말이 틀림없기를 바라네. 이 사건이 법정으로 간다면 자네 이름이 나오게 될 거야."

"나는 그자를 믿어."

지킬 박사는 대답했다.

"다른 사람에게는 말할 수 없지만, 확실한 근거가 있어. 다만 한 가지, 자네의 조언을 구하고 싶은 일이 있어. 나는……

편지를 한 통 받았어. 그런데 그걸 경찰에게 줘야 할지 말아야 할지 잘 모르겠네. 그래서 자네에게 그 편지를 맡기고 싶어. 어터슨 자네는 현명하게 판단할 테니까. 나는 자네를 아주 믿고 있다네."

"내 생각에는 자네가 편지 때문에 그자가 체포될까 봐 두려워하고 있는 것 같은데?"

어터슨 변호사가 물었다.

"아니야."

박사는 부정했다.

"나는 하이드가 어떻게 되든지 상관하지 않아. 나는 그자와 이미 끝났어. 나는 이 빌어먹을 사건 때문에 세상에 드러날 내 이름에 대해 걱정하는 것일세."

어터슨은 잠시 생각했다. 그는 친구의 이기적인 태도에 놀랐으나 한편으로는 그러한 이유 때문에 안심이 되었다.

"아무튼 그 편지를 한번 보자고."

그는 마침내 말했다.

편지는 길쭉한, 희한한 서체로 쓰여 있으며 '에드워드 하이드'라는 서명이 들어가 있었다. 내용은 아주 간단했다. 오랫동안 은혜를 입은 지킬 박사의 수많은 도움에 보답을 못했으나 자신은 안심할 수 있는 곳으로 피할 방도가 있으니 자신의 안부에 대해서는 조금도 걱정하지 말라는 내용이었다.

어터슨 변호사는 이 편지 내용이 아주 마음에 들었다. 두 사람의 친밀도가 걱정했던 것보다 좋은 쪽으로 밝혀졌기 때문이다. 그래서 그는 지금까지 친구 지킬을 의심한 것에 대해 조금이나마 자신을 책망했다.

"봉투는 가지고 있나?"

"태워 버렸어."

어터슨의 물음에 지킬 박사가 대답했다.

"아무 생각 없이 그랬지. 그러나 소인은 없었어. 인편으로 받았으니까."

"그럼 내가 이것을 맡아 찬찬히 분석해 봐도 될까?"

"나를 대신해서 전부 다 판단해 주게. 나는 자신이 없어."

"좋아, 생각해 보지."

어터슨 변호사가 말했다.

"한마디만 더 하지. 자네의 유언장에서 그 실종에 관한 조항은 하이드가 쓰라고 시킨 거지?"

지킬 박사는 이 말에 정신이 아찔해진 것처럼 보였다. 그는 입을 굳게 다문 채 고개를 끄덕였다.

"그럴 줄 알았어."

어터슨이 말했다.

"그자는 자네를 죽이려고 했어. 자넨 용케 화를 면한 거고."

"나는 그보다 훨씬 더 좋은 경험을 했어."

박사는 진지한 표정으로 대답했다.

"나는 교훈을 얻었지. 아, 어터슨, 엄청난 교훈을 얻었지!"

그러더니 잠시 양손으로 얼굴을 감쌌다.

어터슨 변호사는 돌아가는 길에 걸음을 멈추고 풀과 잠시 이야기를 나누었다.

"오늘 누가 편지를 건네주고 갔나? 혹시 그 사람이 어떻게 생겼던가?"

그러나 풀은 정식 우편물 외에는 아무것도 오지 않았다고 말하고는, "우편물도 광고 전단지 같은 것들뿐이었습니다" 하고 덧붙였다.

이 이야기를 듣자 어터슨은 다시 걱정이 되었다. 그 편지는 틀림없이 실험실 문을 통해서 들어왔다. 아니, 그의 서재에서 쓴 것일지도 모른다. 그렇다면 이 문제는 달리 판단해야 하며, 좀 더 주의를 기울여 처리해야 할 것이다.

거리를 나서자 신문팔이 소년들이 인도에서 "호외요! 국회의원이 끔찍하게 살해되었습니다!"라고 목이 터져라 외쳐 대고 있었다. 그 소리는 어터슨에게는 친구이자 의뢰인에 대한 장송곡처럼 들렸다. 그리고 또 한 친구의 명예가 이 사건의 소용돌이에 휩쓸릴 거라는 우려를 떨칠 수가 없었다.

이것은 자기가 결정하지 않으면 안 되는 까다로운 문제였다. 어터슨은 평소에는 자신만만한 사람이지만 점점 남의 조언을 얻고 싶다는 생각이 간절해지기 시작했다. 아니, 충고를 직접 들을 수는 없더라도 혹시 우연히 걸려들 수도 있을 거라고 그는 생각했다.

잠시 후, 그는 자신의 사무장인 게스트를 집으로 불러 난롯가에 마주 앉았다. 두 사람 사이에는 오랫동안 이 집 지하실에 저장되어 있던 묵은 포도주가 한 병 놓여 있었다. 안개는 여전히 축축한 도시의 상공 위에 날개를 편 채 잠들어 있었으며, 가로등은 둥근 석류석처럼 깜빡이고 있었다. 숨 막힐 듯이 낮게 깔린 안개 속에서도 도시의 생활을 엮어 가는 마차의 행렬은 마치 거센 바람처럼 요란한 소리를 내면서 거리를 달리고 있었다. 그러나 방 안은 난로의 불빛으로 인해 환했다. 술병의 술은 오래전에 신맛이 없어졌으며, 훌륭했던 색깔도 착색된 유리창이 점점 짙은 빛깔을 내듯이 시간이 지나면서 밋밋해졌다. 언덕 비탈의 포도나무 밭에 내리쬐는 뜨거운 가을 오후의 햇빛이 밭에서 뛰쳐나와 런던의 안개를 흩어 버릴 것만 같았다.

자신도 모르는 사이에 어터슨은 마음이 누그러졌다. 게스트에게는 비밀이 거의 없었다. 원래 비밀로 할 생각이었더라도 그를 만나면 언제나 비밀을 많이 털어놓는 편이었다. 게스트는 일 때문에 자주 지킬 박사의 집에 들렀으며, 그 집 집사인 풀과도 낯익은 사이였다. 그러므로 그는 하이드와 이 집주인이 친하게 지낸다는 것도 들었을 것이다. 그러면 그가 결론을 끌어

낼 수 있을지도 모른다. 그렇다면 수수께끼를 풀어 줄 편지를 그에게 보여 주는 편이 좋지 않을까?

특히 게스트는 필적에 관한 한 대단한 연구가이자 감정가이니 편지를 보여 주면 자연스럽고 친절하게 협조해 줄 것이다. 게다가 게스트 사무장은 훌륭한 상담가이기도 했다. 그는 이상한 서류를 보면 반드시 논평을 한다. 그러면 그 의견에 따라 어터슨 자신은 앞으로 나아갈 방향을 잡을 수 있을 것이다.

"이번 댄버스 경 사건은 참 슬프게 됐어."

"정말 그렇습니다. 그 사건은 세상에 엄청난 파장을 일으켰어요."

어터슨 변호사의 말에 게스트가 맞장구를 쳤다.

"가해자는 물론 미친 사람이겠죠."

"그 일에 대해 자네의 의견을 듣고 싶네."

어터슨이 말했다.

"그자가 직접 쓴 편지를 내가 지금 가지고 있어. 이 일은 비밀로 해 두게. 나도 이걸 어떻게 해야 할지 모르기 때문이야. 기껏해야 불쾌한 일이라고밖에는 할 수 없지. 여기 있네. 살인자의 필적을 감정하는 일은 자네 전공이 아닌가."

게스트의 눈이 빛났다. 그는 즉시 자리에 앉아 열심히 그것을 살폈다. "아뇨, 선생님. 이건 정신이상자의 필적이 아닌데요. 하지만 글씨체가 이상하긴 하군요."

"아무리 봐도 글쓴이가 매우 이상해."

어터슨 변호사가 덧붙였다. 그때 하인이 편지를 가지고 들어왔다.

"지킬 박사가 보낸 겁니까?"

게스트 사무장이 물었다.

"글씨체가 익숙해서요. 사적인 사연인가요, 어터슨 씨?"

"저녁 식사 초대 말뿐이로군. 왜? 보고 싶나?"

"잠깐 보겠습니다. 감사합니다."

사무장은 이렇게 말한 후 두 통의 편지를 나란히 놓고 세심하게 글씨들을 비교했다.

"잘 보았습니다, 선생님."

그는 마침내 두 통의 편지를 돌려주며 말했다.

"매우 흥미로운 필적이군요."

잠시 침묵이 흐르자, 어터슨은 초조해졌다.

"왜 편지를 비교해 보았나, 게스트?"

어터슨이 갑자기 물었다.

"그건, 선생님, 필적이 이상하게 닮은 데가 있어서요. 두 필체가 여러 면에서 서로 일치하고 있습니다. 글씨의 각도만 다를 뿐이에요."

"그것 참 희한하군."

"말씀대로 희한합니다."

"이 쪽지에 대해선 비밀일세. 그리 알게."

"알겠습니다."

게스트가 대답했다. 그날 밤, 어터슨은 혼자 있게 되자마자 바로 그 메모를 금고 속에 넣었다. 그 이후 그것은 죽 그곳에 들어 있게 되었다.

"그럴 수가! 지킬이 살인범을 위해 위조 편지를 쓰다니!"

그는 등골이 서늘해졌다.

래논 박사의 충격적인 죽음

시간은 빠르게 흘렀다. 댄버스 경의 죽음은 사회 전체에 물의를 일으킨 사건으로 세상의 분노를 샀기에 살인 용의자에게는 수천 파운드의 현상금이 걸렸다. 그러나 하이드는 마치 아예 존재하지 않았던 인물처럼 경찰의 수사망으로부터 사라지고 말았다. 대신 그의 행적 중 상당 부분이 드러났는데 그것들은 모두 나쁜 이야기뿐이었다. 그자의 냉혹한 잔인성, 추악한 사생활, 기괴한 친구들, 주변 사람들에게서 산 증오 등에 관한 많은 이야기가 드러났다. 그러나 그의 현재 거처에 대해서는 속삭이는 소리조차 들리지 않았다. 그는 살인을 저지른 날 아침 소호 지구의 집을 떠난 이후 완전히 종적을 감춰 버렸다. 그리고 시간이 흐르자 어터슨도 서서히 충격에서 벗어나 안정을 찾아가고 있었다.

어터슨의 사고방식에 따르면, 댄버스 경의 죽음은 하이드의 실종으로 충분히 보상된 셈이었다. 지킬 박사도 이제 그 사악한 자의 마수에서 벗어남으로써 새로운 생활을 시작했다. 박사는 고립된 생활에서 빠져나와 옛 친구들과 다시 교제하기 시작했다. 또다시 친구들의 단골손님이 되기도 하고 자신이 손님들을 초대하기도 했다. 그는 예전부터 늘 자선을 베풀기로 유명했는데 지금은 독실한 신앙생활로도 유명해졌다. 그는 바쁘게 생활했다. 그는 공개적으로 많이 활동했으며 선행도 베풀었다. 그의 얼굴은 활짝 펴지고 밝아진 것 같았다. 마치 의식적으로 남에게 봉사하는 삶을 사는 것 같았다. 이렇게 두 달이 넘도록 박사는 평화롭게 살았다.

1월 8일, 어터슨은 몇 명의 친구들과 함께 지킬 박사의 집에서 식사를 했다. 래논도 그 자리에 같이 있었다. 집주인은 자신들 삼총사가 서로 떨어질 수 없는 친구였던 옛날처럼 두 사람을 번갈아 바라보았다. 그런데 12일과 14일에는 다시 박사의 집 문이 굳게 닫혀 있어 어터슨 변호사는 들어갈 수 없었다.

"박사님은 집에만 틀어박혀 계시면서 아무도 만나지 않으십니다" 하고 풀이 말했다. 어터슨은 15일에 다시 찾아갔으나 또 거절당했다. 지난 두 달 동안 박사와 거의 매일 만났기 때문에 박사가 예전의 은둔 생활로 복귀한 것에 마음이 무거워졌다. 닷

새가 지난 날 저녁, 그는 게스트를 불러 함께 식사를 했고, 또 다음 날 저녁에는 래논 박사의 집으로 갔다.

그곳에서 적어도 출입을 거절당하지 않았다. 하지만 그는 집에 들어섰을 때 친구의 모습이 변해 있는 것을 보고 깜짝 놀랐다. 래논 박사의 얼굴에는 사색이 역력했다. 불그스름했던 얼굴은 창백하게 변해 있었고, 살이 빠졌으며, 머리는 눈에 띄게 벗겨지고 더 늙어 보였다. 그러나 어터슨의 관심을 끈 것은 이러한 급격한 신체적 쇠약의 징후보다 눈빛과 태도의 변화였다. 그것은 마음 깊숙이 자리한 어떤 두려움을 나타내는 것 같았다.

래논 박사가 죽음을 두려워한다는 건 도저히 있을 수 없는 일이었지만 어터슨은 그런 의구심을 떨쳐 버릴 수 없었다. '그래, 그는 의사다. 그는 자신의 상태를 알고 있으며, 죽을 날이 얼마 남지 않았다는 것을 알고 있음이 분명해. 그런 사실을 안 이상 견딜 수가 없었겠지' 하고 생각했다. 어터슨이 래논 박사에게 안색이 좋지 않다고 말하자 그는 단호한 어조로 자신에게 죽음이 가까이 오고 있다고 밝혔다.

"나는 너무 큰 충격을 받았네. 회복하지 못할 것 같군."

래논 박사는 말했다.

"앞으로 몇 주일밖에 살 수 없을 걸세. 그러나 나는 재미있게 살았어. 좋았지. 그래, 전에는 만족했지. 나는 가끔 생각한다네. 만일 사람이 모든 것을 알아 버리면 차라리 죽는 편이 나을 거라고."

"지킬도 아픈가 보던데."

어터슨이 말했다.

"그를 만나 보았는가?"

갑자기 래논 박사의 안색이 변했다. 그는 떨리는 손을 치켜
들었다.

"박사를 더는 보고 싶지 않고, 이야기도 듣고 싶지 않네."

그는 크고 불안한 목소리로 말했다.

"나는 그 사람과 완전히 끝났어. 나는 그 사람을 죽은 자라고
생각하고 있으니 그 사람 얘기는 앞으로 절대로 입 밖에 내지
말게."

"쯧쯧!"

어터슨은 혀를 찼다. 그리고 한참을 잠자코 있다가 래논에게
물었다.

"내가 할 수 있는 일이 없을까? 우리 셋은 오랫동안 친구였
잖나, 래논. 앞으론 다른 친구를 사귈 시간도 없을 텐데."

"소용없어. 지킬에게 물어보게."

"그 친구는 나를 만나려 하지 않아."

어터슨 변호사가 말했다.

"놀랄 일이 아니지."

래논 박사가 대답했다.

"어터슨, 내가 죽은 후 언젠가 자네도 이 일의 전모를 알게 될 거야. 지금은 자네에게 말할 수 없네. 그건 그렇고, 자네가 여기에 앉아서 나와 다른 이야기를 주고받겠다면 좀 더 머무르게. 하지만 이 빌어먹을 화제를 떨쳐 버릴 수 없다면 제발 나가 줘. 도저히 참을 수가 없거든."

어터슨은 자신의 집으로 돌아오자마자 자리에 앉아 지킬 박사에게 편지를 썼다. 집 안으로 못 들어오게 한 것에 대해 불평했고, 래논과 좋지 않게 절교한 이유를 물었다.

이튿날 그에게서 긴 답장이 왔다. 대체로 감상적인 내용이었으며 뜻을 알 수 없는 부분도 몇 군데 있었다. 편지에 따르면 래논과의 언쟁은 치유할 수 없는 것이었다.

'나는 옛 친구를 탓하지 않네.'

지킬 박사는 이렇게 썼다.

'그러나 다시는 서로 만나지 말아야 한다는 그의 말에 나도 동감일세. 나는 이제부터 극도의 고립 생활을 할 작정이네. 우리 집 문이 가끔 자네에게까지 닫혀 있더라도 자네는 놀라거나 우리의 우정을 의심해선 안 되네. 부디 내가 스스로 택한 어두운 길을 걸어가게 내버려 두게. 형벌과 위험을 자초했네. 내가 모든 죄인 중 최고의 악질이라면, 또한 나는 모든 고통받는 자 중 가장 고통받는 인간이네. 이 세상에 이토록 괴로운 고통과 공포가 들어설 자리가 있는 줄은 몰랐네. 어터슨, 나의 이 운명

64

적인 고통을 덜어 주기 위해 자네가 할 수 있는 일은 한 가지밖에 없네. 그것은 나의 침묵을 존중해 주는 것일세.'

어터슨은 깜짝 놀랐다. 일주일 전만 해도 지킬 박사는 하이드의 사악한 영향력에서 벗어나 옛날의 일과 우정을 되찾아 즐겁고 명예에 넘친 노년을 즐기는 것이 확실해 보였는데 이렇게 졸지에 우정, 마음의 평화, 삶의 전체적인 흐름이 또다시 헝클어지다니! 이렇게 크고 예기치 못한 변화는 미친 짓으로밖에 설명되지 않았다. 그러나 래논의 태도나 말로 미루어 보면 여기에는 좀 더 깊은 까닭이 있음이 분명했다.

일주일 후 래논 박사는 자리에 누웠고, 그 후 보름이 안 돼 세상을 뜨고 말았다. 어터슨은 슬픔 속에서 친구의 장례식을 치렀다. 그리고 다음 날 밤, 사무실 문을 잠그고 처량한 촛불 옆에 앉아 죽은 친구가 보낸 편지를 꺼내어 앞에 놓았다. 겉봉에는 '친전 : J. G. 어터슨 본인이 직접 뜯어볼 것. 만일 어터슨이 먼저 세상을 떠났을 경우에는 개봉하지 말고 파기할 것'이라고 강조하듯 씌어 있었다.

어터슨 변호사는 내용을 들여다보기가 두려웠다.

'오늘 한 친구를 땅에 묻었다. 한데 이 편지를 읽음으로써 또 한 친구를 잃게 된다면?'

그러나 그는 이런 두려움은 친구에 대한 배신이라고 자책하고는 봉투를 뜯었다. 그 속에는 밀봉된 봉투가 또 들어 있었고,

겉봉에는 '헨리 지킬 박사가 사망하거나 실종되기 전에는 개봉하지 말 것'이라고 적혀 있었다.

어터슨은 자신의 눈을 믿을 수가 없었다. 확실히 실종이라고 씌어 있었다. 훨씬 전에 지킬에게 돌려준 그 미친 유언장처럼 여기에도 실종이라는 개념과 헨리 지킬의 이름이 한데 엮여 있었다. 그러나 유언장에 들어 있는 실종이라는 말은 하이드란 자의 사악한 발상에서 나온 것이었다. 아주 확실하고 무서운 목적으로 삽입되어 있던 것이었다. 그런데 래논이 자기 손으로 쓴 이 말은 무엇을 의미할까? 어터슨은 강한 호기심이 생겨 필자의 '금지령'을 무시하고 당장 이 의혹을 철저히 캐내고 싶었다. 그러나 직업상의 명예와 죽은 친구에 대한 신의는 엄격히 지켜야 할 의무였다. 따라서 이 작은 봉투는 다시 그의 비밀 금고 가장 깊숙한 곳에 보관되었다.

하지만 호기심을 참는 것은 호기심을 정복하는 것과 별개의 문제다. 그날 이후 어터슨이 살아남아 있는 친구 지킬과의 교제를 옛날같이 간절히 바랐는가에 대한 것은 의문이다. 그 친구를 애틋하게 생각하기는 했지만 그 속에는 혼란 그리고 두려움이 섞여 있었던 것이다.

사실 그는 친구 집을 찾아가기는 했다. 하지만 거절을 당하면 오히려 안심이 됐다. 내심 문간에서 풀과 이야기를 하며 개방된 바깥세상의 공기와 소리에 싸여 있는 것을 더 좋아했다.

그러는 편이 자발적인 감옥 같은 그의 집에 들어가 이 수수께끼 같은 은둔자와 대화하는 것보다 훨씬 좋았던 것이다.

사실 풀에게는 재미있는 소식이 별로 없었다. 요즘 박사는 어느 때보다 더 자신을 실험실 위에 있는 서재에 철저히 가둔 채 은둔 생활을 하고 있는 것 같았다. 가끔 잠도 거기서 자는 모양이었다. 그는 기운도 없고, 말도 없어지고, 책도 읽지 않는다고 했다. 마치 무슨 꿍꿍이가 있는 것 같았다. 늘 똑같은 소식만 듣다 보니 어터슨의 발길도 차츰 뜸해졌다.

창가에서 있었던 일

어느 일요일, 어터슨과 엔필드는 여느 때처럼 산책을 하다가 우연히 문제의 골목길에 다시 들어섰다. 그리고 그 문 앞에 이르자 둘 다 발을 멈추고 그 문을 응시했다.

"글쎄, 그 사건도 어쨌든 끝이 나는 것 같군요. 하이드의 모습은 더는 볼 수 없겠죠."

"나도 그러길 바라지."

엔필드의 말에 어터슨이 맞장구를 쳤다.

"일전에 내가 자네에게 말하지 않았나? 그 녀석을 한번 만났어. 그때 자네처럼 심한 거부감을 느꼈지."

"그자를 보면 혐오감을 느끼지 않을 수 없지요."

엔필드가 말했다.

"그런데 선생님은 여기가 지킬 박사 저택의 뒷문이라는 걸 몰랐던 저를 참 바보라고 생각하셨겠죠! 제가 이제야 깨닫게 된 것도 선생님 탓이 조금은 있습니다."

"그럼 자네도 알고 있단 말이지?"

어터슨이 말했다.

"그렇다면 안뜰로 들어가 창문을 보지 않겠나. 솔직히 말해서 나는 불쌍한 지킬 때문에 마음이 편치 못하네. 비록 집 밖이지만 친구가 있다는 것이 그에게는 힘이 될 거야."

안뜰은 매우 서늘했고, 약간 습했으며, 석양에 물들어 있었다. 해는 저물기 시작했지만 높은 하늘은 여전히 환했다. 세 창문 중에 가운데 것은 반쯤 열려 있었다. 어터슨은 그 옆에 붙어 앉아 우울한 죄수처럼 끝없는 슬픔에 싸여 있는 지킬 박사의 모습을 보았다.

"여보게, 지킬! 조금 좋아졌겠지?"

어터슨이 소리쳤다.

"기분이 좋지 않아, 어터슨."

지킬 박사는 쓸쓸하게 대답했다.

"아주 좋지 않아. 하지만 오래가진 않겠지, 정말."

"자네, 너무 집에만 틀어박혀 있는 것 같은데."

어터슨이 말했다.

"밖으로 좀 나와서 혈액 순환을 활발하게 해 줘야 해. 나와 엔필드처럼 말이야. 참, 이쪽은 나의 사촌동생 엔필드일세. 저쪽은 지킬 박사. 모자를 쓰고 우리와 같이 한 바퀴 돌아보자고."

"고맙네, 자네."

상대방은 한숨을 쉬었다.

"나도 그러고 싶어. 하지만 안 돼, 안 돼, 안 돼, 그럴 수가 없어. 그럴 용기가 없어. 그러나 어터슨, 자네를 보니 아주 기분이 좋군. 정말 기뻐. 자네와 엔필드 씨를 위로 올라오라고 하고 싶지만 여기는 정말 그럴 장소가 못 돼."

"그러면 우리는 이 아래에서 자네와 이야기를 하지, 뭐. 그게 낫겠는데."

어터슨 변호사는 다정하게 말했다.

"나도 그렇게 하자고 말할 참이었네."

지킬 박사가 웃으면서 대답했다. 그러나 그 말이 채 끝나기도 전에 그의 얼굴에서 미소가 갑자기 사라지더니 극도의 두려움과 절망이 뒤섞인 표정이 나타났다. 아래에 있던 두 신사는 온몸의 피가 얼어붙는 것 같았다. 창문이 곧 내리 닫혔기 때문에 그들은 그의 그런 표정을 얼핏 보았을 뿐이었다. 그러나 잠깐 본 것만으로도 충분했다.

그들은 말없이 돌아서서 안뜰을 걸어 나왔다. 그리고 역시 아무 말없이 뒷길을 빠져나왔다. 일요일인데도 여전히 사람들이 분주하게 움직이고 있는 큰길로 나와서야 비로소 어터슨은 고개를 돌려 자기의 동행인을 쳐다보았다. 둘 다 얼굴이 하얗게 질려 있었다. 서로의 눈에도 똑같은 두려움의 빛이 깃들어 있었다.

"이럴 수가! 어떻게 이럴 수가 있지!"

어터슨이 중얼거렸다. 그러나 엔필드는 아주 심각한 표정으로 고개만 끄덕일 뿐 아무 말도 하지 않고 계속 걸었다.

마지막 밤

어느 날, 어터슨이 저녁 식사를 마치고 난롯가에 앉아 있는데 뜻밖에 지킬 박사의 집사인 풀이 찾아왔다.

"아니, 풀, 자네가 여기에 웬일인가?"

그리고 어터슨은 풀의 얼굴을 자세히 살피면서 덧붙였다.

"무슨 일이 생겼나? 지킬 박사가 어디 아픈가?"

"어터슨 선생님, 아무래도 뭔가 잘못됐습니다."

"아무튼 앉게. 포도주라도 한잔 마시게."

어터슨 변호사는 불안해 보이는 풀을 달랬다.

"자, 서둘지 말고, 하고 싶은 말이 있으면 해 봐."

"선생님도 박사님의 요즘 생활에 대해 잘 아시죠."

풀이 대답했다.

"얼마나 고립된 생활을 하시는지에 대해서요. 요새 박사님은 또다시 서재에 틀어박혀 꼼짝 않고 계십니다. 전 그게 싫습니다. 참을 수 없을 만큼 싫어요. 어터슨 선생님, 저는 무서워요."

"여보게, 확실하게 말을 해 봐. 무엇이 무섭단 말인가?"

"일주일 전부터 무서워졌습니다." 풀은 변호사의 질문은 무시한 채 대답했다.

"이젠 더는 견딜 수가 없습니다."

풀의 태도로 보아 정말 무엇인가를 두려워하는 것 같았다. 그리고 그의 상태는 점점 더 안 좋아지는 듯했다. 처음 두려움을 털어놓을 때만 빼놓고 그는 한 번도 변호사의 얼굴을 똑바로 쳐다보지 않았던 것이다. 지금도 그는 포도주를 입에 대지도 않고 무릎 위에 받쳐 놓은 채 바닥의 한쪽 구석만 응시하고 있었다.

"저는 더는 견딜 수가 없습니다."

풀은 그 말만 되풀이했다.

"자아, 무슨 까닭이 있는 것 같구먼, 풀. 뭔가 아주 좋지 않은 일이 있어. 그게 뭔지 말해 보게."

"범죄 행위가 있는 것 같습니다."

풀은 쉰 목소리로 대답했다.

"범죄!"

어터슨 변호사는 소리쳤다. 처음에는 무척 놀랐고, 좀 있으니 약간 초조해졌다.

"어떤 범죄 말인가? 그게 무슨 뜻인가?"

"너무 무서워서 말이 안 나오는군요."

풀은 대답했다.

"저와 같이 가서서 직접 보시지요."

어터슨은 바로 자리에서 일어나 모자와 커다란 외투를 집어 드는 것으로 대답을 대신했다. 순간 그는 집사의 얼굴에 떠오른 커다란 안도의 빛에 의아함을 느꼈다. 이 사나이가 자신을 뒤따라 나서기 위해 서둘러 내려놓은 포도주 잔에 술이 그대로 남아 있다는 점도 이상했다.

그날은 춥고 황량한 전형적인 3월의 밤이었다. 창백한 달은 바람에 쓰러진 것처럼 하늘 위에 벌렁 누워 있었고, 한랭사 천처럼 투명한 구름 조각이 그 곁을 스쳐 날고 있었다. 바람 때문에 대화하기는 힘들었다. 두 사람의 얼굴에는 찬바람으로 인해 붉은 반점이 생겼다. 거리는 바람이 휩쓸어 버린 것처럼 인적이 드물었다. 어터슨은 런던의 이 거리가 이처럼 인적이 드문 적이 없었던 것 같았다. 다른 때라면 이런 모습을 더 원했을지도 모른다. 하지만 지금은 그 어느 때보다 인간들을 보고 접하고 싶은 열망이 간절히 일었다. 아무리 애를 써도 마음에 솟아오르는 불길한 예감을 떨쳐 버릴 수 없었기 때문이다.

이윽고 그들이 목적지에 닿았을 때 그곳은 바람과 먼지로 가득했으며, 정원의 야윈 나무들은 울타리에 부딪쳐 소리를 내고 있었다. 줄곧 한두 걸음 앞서 가던 풀은 이제 길 한가운데에 멈춰 서서, 차가운 날씨에도 불구하고 모자를 벗고 빨간 손수건으로 이마의 땀을 닦았다. 급하게 왔다고는 하지만 그가 닦아 낸 것은 운동으로 인한 땀방울이 아니라 숨을 죄는 듯한 고통의 진땀인 듯했다. 왜냐하면 그의 얼굴은 창백했고, 말할 때 그의 목소리는 거칠고 자주 끊겼던 것이다.

"자, 선생님, 다 왔습니다. 부디 아무 일이 없게 하소서, 하느님."

"아멘, 풀."

집사 풀이 조심스럽게 문을 두드리자 사슬이 걸린 채로 문이 열렸다.

"풀이에요?"

안에서 목소리가 들렸다.

"그래."

풀이 말했다.

"문을 열어."

안에 들어서자 홀에는 등불이 밝게 켜져 있고 난롯불이 활활 타고 있었다. 그리고 난로 주변에는 모든 하인과 하녀들이 양 떼처럼 모여 있었다.

어터슨을 보자 가정부는 가슴이 북받치는 듯 갑자기 흐느껴

울기 시작했다. 그리고 요리사는 "어터슨 씨!"라고 외치며 껴안을 듯이 달려들었다.

"무슨 일이지? 왜 모두들 여기에 모여 있는 것인가?"

어터슨 변호사는 역정을 냈다.

"어수선하고 보기가 좋지 않군. 자네들 주인이 보시면 불쾌해하실 거야."

"모두 두려워하고 있습니다."

풀이 말했다. 침묵이 흘렀다. 아무도 대꾸하지 않았다. 가정부만이 더욱 소리 높여 흐느낄 뿐이었다.

"조용히 해!"

풀이 그녀에게 소리쳤다. 그 거센 말투로 보아 풀 자신도 신경이 곤두서 있는 것 같았다. 사실 하녀가 별안간 울음소리를 높였을 때 그들은 모두 무서운 일이 닥칠 것을 예감하는 얼굴로 움찔하며 안쪽 문을 돌아다보았던 것이다.

"자자" 하고 집사 풀은 식당에서 일하는 아이에게 일렀다.

"촛불을 가져오너라. 곧장 이 일을 끝내야지."

그다음 그는 어터슨에게 자기를 따르라며 뒤뜰 쪽으로 안내했다.

"선생님, 될 수 있는 대로 조용히 걸어 주십시오. 선생님이 들어 보셔야지 상대방이 선생님의 소리를 듣게 하면 안 됩니다. 그리고 명심하셔야 합니다. 선생님 만약에 안에서 들어오라고 하더라도 들어가시면 절대 안 됩니다."

풀이 말했다.

이 뜻밖의 주의에 어터슨은 충격을 받아 몸의 중심을 잃고 쓰러질 뻔했다. 그러나 그는 용기를 되찾고 집사를 따라 실험실이 있는 건물로 들어가서, 상자와 병이 흩어져 있는 계단식 강의실을 지나 계단 아래까지 왔다. 여기서 풀은 손짓으로 그에게 한쪽에 서서 들어 보라는 신호를 했다. 그리고 자신은 촛불을 내려놓고 단단히 결심을 한 듯 계단을 올라가 두꺼운 천으로 덮인 서재 문을 다소 망설이는 듯한 모습으로 두드렸다.

"어터슨 선생님께서 뵙겠다고 하시는데요."

그렇게 말하는 동안에도 풀은 변호사에게 잘 들어 보라고 다시 한 번 크게 신호를 했다. 곧 안에서 대답하는 소리가 들렸다.

"아무도 만날 수 없다고 말씀드려라."

그는 불평하듯이 말했다.

"알겠습니다, 주인님."

풀이 말했다. 그의 목소리에는 성공했다는 기색이 담겨 있었다. 그리고 그는 촛불을 집어 들고는 어터슨을 안내하여 뜰을 가로질러 대식당으로 돌아왔다. 난롯불은 꺼져 있었고 바닥에는 딱정벌레들이 뛰어다니고 있었다.

"선생님, 아까 그 목소리가 주인님의 목소리였던가요?"

풀은 어터슨의 눈을 똑바로 쳐다보며 물었다.

"목소리가 많이 변한 것 같은데."

어터슨 변호사는 창백한 얼굴로 역시 풀의 얼굴을 똑바로 보며 대답했다.

"변했죠? 네, 저도 그렇게 생각합니다."

풀은 말했다.

"20년 동안 이 저택에서 지내 온 제가 주인님의 목소리를 헷갈리겠습니까? 아니죠, 선생님. 주인님은 살해되셨습니다. 8일 전에 주인님이 하느님의 이름으로 구원을 외치는 소리가 들렸습니다. 그때 주인님은 살해되신 겁니다. 그렇다면 주인님 대신 누가 거기에 있는 것일까요? 그리고 왜 계속 그 안에 있는 것일까요? 이건 하느님의 가호를 빌어야 하는 사건입니다, 어터슨 선생님."

"참으로 괴상한 이야기로군, 풀. 터무니없는 이야기야."

어터슨은 손가락을 깨물면서 말했다.

"자네가 추측하는 것처럼 만일 지킬 박사가, 그래, 가령 살해되었다면, 무엇 때문에 살인자가 거기 그냥 있겠나? 앞뒤가 맞지 않아, 이치에 어긋나는 말일세."

"글쎄요, 어터슨 선생님, 선생님은 좀처럼 믿지 않으시는군요. 제가 납득이 가도록 말씀드리지요."

풀이 말했다.

"지난 일주일 동안 (선생님도 알고 계시듯이) 사람인지 괴물

인지 모르지만, 어쨌든 저 서재에 틀어박혀 있는 녀석이 밤낮으로 어떤 약을 달라고 소리쳤어요. 하지만 아직 원하는 것을 얻지 못한 것 같습니다. 요구하는 것을 종이에 써서 계단 위에 던져 놓는 것이 저 사람, 즉 주인님의 방식이지요. 지난 일주일 동안은 그것 외에 아무 일도 없었습니다. 종이쪽지만 놓여 있고, 문은 계속 닫혀 있었죠. 식사는 거기 가져다 놓으면 아무도 보는 사람이 없을 때 살짝 들여갑니다. 그런데 선생님, 날마다, 아니 하루에도 두어 번씩이나 지시와 불평이 떨어졌고, 저는 온 시내의 약방이란 약방은 다 뛰어다녔습니다. 그리고 제가 물건을 가져다주면 어김없이 그것은 불순물이 섞여 있으니까 돌려보내라는 내용과 함께 다른 약방의 것을 사 오라는 종이쪽지가 또 나와 있곤 했습니다. 무엇에 쓸 작정인지는 모르지만 그 약이 몹시 필요한 것 같습니다."

"그 종이쪽지들을 지금 가지고 있나?"

어터슨의 말에 풀은 자신의 주머니를 뒤져서 구겨진 쪽지를 그에게 건네주었다. 어터슨 변호사는 촛불 앞으로 몸을 숙이고 그것을 자세히 살펴보았다. 그 내용은 이러했다.

지킬 박사로부터.
이번에 귀 상사에서 받은 견본은 불순물이 섞여 있어 제가 현재 하고 있는 일에 전혀 쓸모가 없습니다. 본인은 18××

년에 귀 상사에서 그 약품을 많이 구입한 적이 있습니다. 그러니 동일한 품질의 약품이 조금이라도 남아 있다면 즉시 보내 주십시오. 값은 얼마든지 지불하겠습니다. 그 약품은 제가 간절하게 필요로 하고 있는 것입니다.

여기까지는 아주 침착하게 쓰여 있었지만 그다음에 더는 감정을 억누르지 못했는지 어지럽게 휘갈긴 글씨체로 '제발 부탁이오니 조금이라도 그 전의 약품을 찾아주시오'라고 덧붙여져 있었다.

"참으로 이상한 편지로군."

어터슨이 다시 날카롭게 물었다.

"그런데 자네는 이 봉투를 왜 열어 봤나?"

"어떤 약방 사람이 매우 화가 나서 휴지를 버리듯 제게 이 쪽지를 던져 버렸거든요."

풀이 말했다.

"이건 틀림없는 박사의 필체야. 자네도 알지?"

어터슨 변호사는 다시 입을 뗐다.

"그런 것 같았습니다."

집사는 다소 시무룩하게 말했다. 그리고 나서 목소리를 바꾸어서 "필체가 무슨 상관이란 말입니까? 저는 그자를 봤어요" 하고 말했다.

"그자를 보았다니?"

어터슨이 되물었다.

"그래서?"

"그렇다니까요!"

풀은 말했다.

"어떻게 된 거냐면요, 제가 정원에서 계단강의실로 갑자기 뛰어들었는데, 그때 그자는 약인지 뭔지를 찾으러 몰래 방을 빠져나온 것 같았습니다. 서재의 문이 열려 있었고, 그자는 강의실 맞은편 구석에서 상자들을 뒤지고 있더군요. 제가 들어서니까 그는 나를 올려다보더니 뭐라고 소리를 질렀어요. 그리고 잽싸게 층계를 올라 서재로 들어갔습니다. 제가 그를 본 것은 겨우 1분 정도였는데도 머리털이 고슴도치의 가시처럼 쭈뼛섰습니다. 선생님, 그자가 만일 저의 주인님이었다면 왜 얼굴에 가면을 썼겠습니까? 주인님이 맞다면 왜 쥐처럼 소리를 지르며 도망갔겠습니까? 저는 오랫동안 주인님을 모셔 왔습니다. 그런데……."

풀은 말을 잇지 못하고 손으로 얼굴을 가렸다.

"참으로 이상한 일투성이로군."

어터슨은 말했다.

"그러나 차츰 알 것도 같군. 풀, 자네 주인은 틀림없이 사람에게 고통을 주고 얼굴을 추악하게 바꿔 버리는 병에 걸려 있는 게야. 그의 목소리가 변한 것도 그것 때문일 테지. 그래서 복면을 하고, 친구들을 피하고 있어. 그 약을 간절하게 찾는 이유도 불쌍한 그가 마지막 회복의 희망을 이루기 위해서야. 오, 하느님! 부디 그의 희망이 이루어지게 하소서. 나는 이렇게 설명하고 싶네. 정말 슬픈 일이야, 풀. 생각만 해도 오싹해지는 일이지. 그러나 이것은 단순하고 자연스러운 일이니까 너무 걱정하지 않아도 될 것 같네."

"하지만 선생님."

집사는 붉으락푸르락한 얼굴로 말했다.

"그것은 확실히 주인님이 아니었습니다. 정말입니다. 저의 주인님은……."

그는 이 대목에서 주위를 둘러보고 목소리를 낮추었다.

"주인님은 키가 크고 풍채가 좋은 분이신데 이자는 난쟁이 쪽에 가까웠습니다."

어터슨이 뭐라고 반박하려 하자 풀이 목소리를 높여 다시 말했다.

"선생님은 이곳에서 20년이나 일한 제가 자기 주인님을 알아보지 못한다고 생각하십니까? 평생 아침마다 주인님을 뵌 제가 주인님의 머리가 서재 문의 어디쯤에 닿는지를 모른다고 생각하십니까? 그렇지 않습니다, 선생님. 가면을 뒤집어쓴 저자는 절대로 지킬 박사님이 아닙니다. 누군지는 모르겠지만 지킬 박사님은 절대 아닙니다. 그리고 저 안에서 살인 사건이 있었다고 저는 진심으로 믿습니다."

"풀."

어터슨 변호사는 말했다.

"자네가 그렇게 말한다면 사실을 밝혀내는 것이 내 임무인 것 같네. 그 일로 자네 주인의 감정을 상하게 만들고 싶지는 않지만 이 편지가 매우 이상하긴 해. 이 편지를 보면 자네 주인이 아직 살아 있다는 것이 증명될 것 같은데 말이야. 문을 부수고라도 안에 들어가 봐야 할 것 같아."

"어터슨 선생님, 그 말이 맞습니다."

집사는 큰 소리로 외쳤다.

"그런데 문제가 또 있어."

어터슨이 말을 이었다.

"누가 그 일을 하지?"

"물론 저와 선생님이죠."

풀이 용감하게 대답했다.

"좋은 생각이네."

어터슨 변호사는 대답했다.

"그리고 무슨 일이 일어나더라도 자네가 죄인이 되지 않도록 해 주겠네."

"계단강의실에 도끼가 한 자루 있습니다."

풀이 말을 받았다.

"그리고 선생님은 호신용으로 부엌에 있는 부지깽이를 드세요."

어터슨 변호사는 그 투박하고 무거운 도구를 손에 들고 무게를 가늠하듯 흔들었다.

"여보게, 풀, 자네와 내가 이제부터 조금 위험한 일을 하려는 것을 알고 있나?"

변호사는 얼굴을 들면서 말했다.

"그렇게 볼 수도 있습죠, 선생님."

"그럼 솔직하게 얘기해 보는 게 좋겠군. 우리는 아직 터놓지 않은 생각들이 있어. 그러니 그것들을 털어놓고 얘기하세. 자네가 봤다는 가면 쓴 사나이가 어딘가 안면이 있지 않던가?"

"글쎄요, 선생님, 녀석이 너무 날쌔게 달아났고, 또 허리를 굽히고 있었기 때문에 그것은 잘 모르겠습니다" 하고 풀이 대답했다.

"그러나 선생님께서 그자가 바로 하이드 씨라고 짐작하고 계시다면, 확실히 그렇다고 말씀드리겠습니다. 몸집도 비슷했고요, 빠르고 가벼운 몸놀림도 그자 같았습니다. 게다가 그자 말고 누가 또 실험실 문으로 드나들 수 있겠습니까. 생각나시죠, 선생님? 저번 살인 사건이 일어났을 때에도 그자는 열쇠를 가지고 있었어요. 또 그게 다가 아닙니다. 선생님은 하이드 씨를 직접 본 적이 있나요?"

"있지."

어터슨이 긍정했다.

"그자와 한번 이야기를 나눈 적이 있지."

"그렇다면 선생님도 아시겠군요. 그 사람에게는 무언가 이상 야릇한, 사람을 섬뜩하게 만드는 구석이 있습니다. 이 이상한 기분을 어떻게 표현해야 할지 모르겠지만, 어쨌든 사람의 뼛속 까지 오싹하게 만드는 데가 있지요."

"나도 자네 말처럼 그런 것을 느꼈어."

"정말 그렇습니다, 선생님."

풀은 말했다.

"복면을 한 저 원숭이 같은 녀석이 약품 사이에서 튀어나와 서재로 달아날 때 저는 등줄기가 오싹해졌습니다. 물론 그런 느낌이 증거가 될 수는 없겠죠, 어터슨 씨. 저도 그 정도 지식은 책을 통해서 충분히 알고 있습니다. 그러나 인간에게는 느낌이 라는 것이 있습니다. 성경에 손을 얹고 맹세하는데 그자는 틀 림없이 하이드 씨였습니다."

"알겠네, 알겠어. 나도 그렇지 않을까 생각하고 있었네. 말하 기도 두렵지만 악마가 저 두 사람의 관계에 끼어 있는 게 확실 해. 정말이지, 자네 말이 맞아. 가엾게도 헨리는 살해된 것 같네. 그를 죽인 자는 아직도 피살자의 방에 숨어 있는 거야. 무슨 목

85

적인지는 하느님밖에 알지 못하지만. 좋아, 복수를 한다. 브래드쇼를 부르게."

불려 온 마부는 얼굴이 창백한 것이 매우 불안한 듯했다.

"정신 단단히 차리게, 브래드쇼."

어터슨 변호사가 단호하게 말했다.

"이런 불안이 모두에게 엄습해 있는 것은 알지만 이제 우리는 이 일을 끝장내야 하네. 여기 있는 풀과 나는 저 서재로 쳐들어간다. 만일 일이 잘 처리되면 이 소동은 내가 책임지지. 그건 그렇고, 일이 잘못되어 범인이 뒷문으로 달아나지 않도록 자네와 저 아이는 튼튼한 몽둥이를 하나씩 들고 모퉁이를 돌아 실험실 문에서 지키고 있게. 자, 10분간의 여유를 줄 테니 각자 맡은 자리로 어서 가게."

브래드쇼가 떠나자 어터슨은 시계를 보았다.

"풀, 우리도 우리 자리로 가세나."

그리고 그는 부지깽이를 겨드랑이에 끼고 뜰로 나갔다. 바람에 날리던 구름 조각들이 달을 가려 사방은 매우 캄캄했다. 건물로 둘러싸인 우물 속과도 같은 가운데뜰에서는 바람이 가끔 지나갈 뿐이었지만 촛불의 그림자는 바람으로 인해 발밑에서 아른거렸다. 두 사람은 마침내 계단강의실에 들어가 조용히 기다렸다. 런던 시내의 웅성거림이 사방에서 무겁게 전해져 왔지만 이곳의 정적은 서재의 바닥을 왔다 갔다 하는 발걸음 소리에 의해 간간이 끊길 뿐이었다.

"저렇게 하루 종일 걷기만 한다니까요, 선생님."

풀이 속삭였다.

"그렇죠. 밤에는 더합니다. 약방에서 새 견본 약품이 오면 잠시 멈출 뿐이죠. 안정의 가장 큰 적은 양심의 가책 아닙니까! 아아, 선생님, 저자의 모든 발걸음에는 끔찍한 살인의 피가 묻어 있어요! 좀 더 가까이 와서 잘 들어 보십시오. 잘 들어 보세요, 어터슨 선생님. 저것이 박사님의 발소리일까요?"

그 발걸음 소리는 매우 느렸으나 가벼웠으며, 어떤 박자에 맞춰 걷듯이 묘한 느낌을 주었다. 그것은 땅을 차는 듯한 헨리 지킬의 둔탁한 발걸음 소리와 달랐다. 어터슨은 한숨을 쉬며 물었다.

"그 밖에 다른 일은 없었나?"

풀은 고개를 끄덕이면서 "한 번, 딱 한 번 우는 소리를 들었습니다"라고 말했다.

"울었다고? 어떻게?"

어터슨 변호사는 갑자기 공포의 전율을 느끼며 물었다.

"여자처럼, 아니 지옥에 떨어진 영혼처럼 울었습니다. 저도 마음이 무거워져서 울 뻔했으니까요."

이럭저럭하는 동안 10분이 거의 다 되었다. 풀은 짐 포장용 짚 더미 아래에서 도끼를 꺼냈다. 촛불은 공격할 때 잘 보이도록 가장 가까운 탁자 위에 올려놓았다. 그리고 두 사람은 밤의 정적 속에서 쉴 새 없이 서성거리는 발소리 쪽으로 숨을 죽이고 다가갔다.

"지킬!"

어터슨이 큰 소리로 불렀다.

"자네를 꼭 만나야겠네."

잠시 사이를 두었으나 돌아오는 대답은 없었다.

"자네에게 미리 말해 두겠는데, 우리는 자네를 의심하고 있네. 나는 자네를 꼭 만나야겠네."

그는 이어서, "정당한 방법으로 안 된다면 부당한 방법으로, 자네가 승낙하지 않는다면 폭력을 동원해서라도 들어갈 거야!"

"어터슨."

안에서 소리가 나왔다.

"제발 봐주게."

"아니, 저건 지킬의 목소리가 아니다. 하이드의 목소리다."

어터슨이 외쳤다.

"문을 때려 부숴, 풀!"

풀은 도끼를 어깨 위로 쳐들었다. 한 번 세게 내리치자 건물이 뒤흔들리고, 붉은 천으로 덮인 문짝이 자물쇠와 돌쩌귀에 걸려 튀었다. 그러자 서재에서 짐승이 공포에 질려 울부짖는 듯한 무시무시한 비명소리가 터져 나왔다. 다시 도끼가 올라갔다. 문짝이 다시 한 번 부서졌고, 이번에는 문틀이 빠져나갔다. 도끼는 이렇게 네 번이나 내리쳐졌지만 나무 문짝이 견고한 데다가 쇠장식도 튼튼하게 만들어져 있어서 다섯 번째에야 겨우 자물쇠가 떨어져 나갔다.

부서진 문짝이 방 안의 양탄자 위로 쓰러졌다. 풀과 어터슨은 자신들의 거친 행동과 그 뒤에 따른 고요함에 넋을 잃고 조금 물러난 채 방 안을 기웃거렸다. 차분한 램프 불빛에 서재가 눈앞에서 드러났다. 난롯불은 활활 타오르고 있었고, 주전자는 나직하고 아름다운 소리를 내며 끓고 있었다. 서랍은 한두 개 열려 있었고, 사무용 책상에는 서류가 정연하게 놓여 있었으며, 난로 가까이에는 차 도구가 놓여 있었다. 세상에서 가장 조용한 방이라고 할 수 있을 정도로 방은 고요했다. 약품이 가득 찬 유리장만 없었다면 런던 어디서나 볼 수 있는 아주 평범한 방이었다.

그 방 한가운데에 몸이 완전히 비틀린 채 아직도 꿈틀거리고 있는 사나이의 시체가 엎어져 있었다. 두 사람은 발꿈치를 들고 살금살금 다가가 시체를 반듯이 눕혔다. 그리고 에드워드 하이드의 얼굴을 보았다. 그는 매우 큰 옷을 입고 있었으며, 그 옷은 지킬 박사의 몸에나 맞는 크기였다. 얼굴의 골격은 산 사람처럼 여전히 움직이고 있었지만 생명은 이미 꺼져 있었다. 한 손에 쥔 깨진 약병과 허공에 퍼져 있는 강력한 아몬드 냄새*로 어터슨은 자신이 자살한 시체를 보고 있다는 걸 알았다.

"우리가 너무 늦었어."

그는 담담하게 말했다.

"살려주든 벌을 주든 너무 늦었네. 하이드는 목숨이 다했어. 이제 우리에게는 자네 주인의 시체를 찾는 일만 남았군."

이 건물의 대부분은 1층에 위치하고 있으며, 나머지는 천장으로 빛이 드는 계단강의실과 2층 구석에서 안뜰을 바라보는 서재로 이루어져 있었다. 복도는 계단강의실에서 뒷길 문간까지 이어져 있었으며, 서재는 또 다른 계단으로 뒷길과 이어져 있었다. 이 외에 몇 개의 어두운 작은 방과 넓은 지하실이 있었다. 그들은 그 모든 장소를 샅샅이 뒤졌다. 작은 방들은 한 번씩만 훑어보면 되었다. 그러나 그곳은 모두 텅텅 비어 있었고, 문을 열자 먼지가 떨어지는 것으로 보아 오랫동안 닫혀 있었던 것이 틀림없었다.

지하실에는 지킬 박사가 오기 전, 외과 의사가 살던 때부터 있었던 여러 가지 잡동사니가 가득했다. 문을 열자 여러 해 동안 입구를 가로막고 있던 거미줄 덩어리가 풀썩 떨어져 내리며 더는 살펴볼 필요가 없음을 알려 주었다. 헨리 지킬이 살았든지 죽었든지 간에 그의 행방은 더이상 찾을 길이 없었다.

---

* 비소는 쓴 아몬드 냄새가 난다.

풀은 복도 바닥의 넓적돌을 발로 세게 쳤다.

"주인님은 여기 파묻혀 있을 겁니다."

그는 발소리에 귀를 기울이며 말했다.

"그렇지 않으면 피했는지도 모르지."

어터슨은 이렇게 말하고 나서 골목 쪽으로 난 문을 조사하러 갔다. 그러나 문은 자물쇠로 채워져 있었고, 바로 옆 돌바닥 위에 열쇠가 떨어져 있는 것을 발견했지만 그것은 이미 녹이 슬어 있었다.

"이 열쇠는 사용하지 않았던 것 같은데."

어터슨 변호사가 말했다.

"사용하지 않았다고요?"

풀이 되받아서 말했다.

"선생님, 부서진 게 안 보이세요? 이건 마치 밟아 짓이긴 것처럼 부서져 있지 않습니까."

"그렇군."

어터슨이 계속해서 말했다.

"게다가 망가진 부분에도 녹이 슬어 있네."

두 사람은 겁에 질린 얼굴로 서로를 마주 보았다.

"나로선 모르겠는데, 풀. 서재로 다시 가 보세."

그들은 말없이 층계를 올라갔다. 그리고 가끔씩 두려운 눈으로 시체를 곁눈질하면서 서재 안의 물건들을 철저히 조사하기 시작했다. 한 탁자에는 화학 실험을 한 흔적이 있었고, 흰 염류 같은 것이 갖가지 분량으로 유리병에 담겨 있었다. 마치 저 불행한 사나이가 실험을 하다가 무슨 장애 때문에 마무리하지 못한 것 같았다.

"저기 있는 것이 제가 그에게 항상 챙겨준 약입니다."

풀이 그렇게 말하고 있을 때에도 주전자의 물은 엄청나게 요란한 소리를 내며 끓어 넘치고 있었다. 이 소리에 두 사람은 난로 곁으로 다가갔다. 거기에는 안락의자가 적당한 거리로 당겨져 있고, 차 도구는 앉는 사람의 팔꿈치가 닿는 거리로 놓여 있었으며, 컵에는 설탕까지 들어 있었다. 선반에는 책이 몇 권 꽂혀 있었고, 차 도구 옆에도 한 권이 펼쳐져 있었다. 어터슨은 그것이 종교 서적인 것을 알고 깜짝 놀랐다. 지킬이 예전에 몇 번이나 칭찬한 책이었던 것이다. 그러나 책의 여백에는 지킬의 필적으로 놀랄 만큼 불경스러운 글이 적혀 있었다.

다시 방을 조사하다가 그들은 커다란 거울 앞에 멈춰 서서 그 속을 들여다보았다. 그러자 무의식적인 공포가 엄습했다. 그러나 거기에 비친 것은 천장에서 어른거리고 있는 붉은 불빛과 유리창에 되비치는 수백의 난로 불꽃들, 그리고 창백하고 겁에 질린 얼굴로 구부정하게 거울을 들여다보고 있는 자신들의 모습뿐이었다.

"이 거울은 그동안 괴상한 놈을 봤겠지요, 선생님."

풀이 나지막한 목소리로 말했다.

"그보다 나는 이 거울 자체가 더 이상하네."

어터슨 변호사도 같이 속삭이듯 말했다.

"무엇 때문에 지킬은……."

여기서 변호사는 무슨 말을 하려다가 멈칫하더니 다시 용기를 내어 말을 이었다.

"지킬은 이 거울을 갖고 무엇을 했을까?"

"정말 그렇군요!"

풀이 말했다.

그다음에는 사무용 책상 쪽으로 갔다. 서류들이 책상 위에 정리돼 있었는데, 그 맨 위에는 커다란 봉투가 놓여 있었다. 봉투 겉에는 박사가 자필로 쓴 어터슨의 이름이 적혀 있었다.

변호사가 봉투를 뜯자 안에 들어 있던 몇 장의 봉입물이 바닥에 떨어졌다. 첫 번째 서류는 유언장이었다. 이것은 6개월 전에 그가 지킬 박사한테 돌려준 유언장처럼 박사가 사망하면 유언장으로, 실종되면 재산 양도 증서로 효력을 갖는다는 괴상한 조항이 담겨 있었다. 그러나 에드워드 하이드의 이름이 있어야 할 자리에 가브리엘 존 어터슨이라고 씌어 있는 것을 보고 변호사는 말로 표현할 수 없는 충격을 받았다.

그는 풀을 쳐다본 뒤 다시 서류를 보았다. 그리고 마지막으로 카펫 위에 쓰러져 있는 죄인의 시체를 보며 말했다.

"머리가 어지럽군. 이자는 줄곧 이것을 가지고 있었어. 나를 좋아할 리가 없지. 자기 이름이 없어졌으니 당연히 분노했겠지. 그런데도 이 서류를 없애 버리지 않았단 말이야."

어터슨은 다음 서류를 집어 들었다. 그것은 간단한 쪽지였다. 박사가 직접 썼고, 맨 위에 날짜가 적혀 있었다.

"오, 풀!"

어터슨 변호사가 외쳤다.

"박사는 오늘도 살아 있었고, 바로 이 자리에 있었어. 그렇게 짧은 시간에 살해될 리가 없지. 지금도 살아 있을 거야. 틀림없이 달아났을 거야! 그런데 왜 달아났지? 또 어떻게 달아났을까? 정말 달아났다면 이자가 자살했다고 단정할 수 있을까? 아, 조심해야겠어. 우리가 자네 주인을 어떤 끔찍한 사건으로 끌어들이게 될지도 모른다는 불길한 예감이 들어."

"그것을 왜 읽어 보지 않으세요, 선생님?"

풀이 물었다.

"너무 무서워서 그래."

어터슨은 담담하게 말했다.

"부질없는 걱정이길 빌 뿐이야!"

그리고 그는 쪽지를 당겨 읽기 시작했다. 메모의 내용은 다음과 같았다.

친구 어터슨에게.

이 편지가 자네 손에 들어갈 즈음에는 나는 이미 세상에서 사라지고 없을 걸세. 무슨 일 때문일지는 나도 알 수 없지만, 나의 본능과 내가 처해 있는 형언할 수 없는 상황을 생각해 보면 나의 종말은 확실하네. 그것도 아주 빨리 올 것 같네. 래논이 자기 수기를 자네에게 맡겨 놓겠다고 나에게 경고한 적이 있는데, 자네는 우선 그것을 보는 것이 좋겠네. 그래도 더 알고 싶으면 나의 고백서를 읽어 보게.

못나고 불행한 자네의 친구,
헨리 지킬.

"세 번째 서류가 있었지?"

"여기 있습니다, 선생님."

어터슨의 질문에 풀은 두툼한 서류 봉투를 그에게 건네주었다.

어터슨 변호사는 그것을 호주머니에 넣었다.

"나는 이 서류에 대해서 아무 말도 않겠네. 자네 주인이 달아났든 죽었든, 우리는 최소한 그의 명예를 지켜 주어야 하네. 지금 시간이 열 시군. 나는 집에 가서 조용히 이것을 읽어 보겠네. 그러나 자정 전에 다시 오겠네. 그때 경찰을 부르도록 하세."

그들은 계단강의실의 문을 잠그고 나왔다. 그리고 어터슨은 현관의 난롯가 주변에 모여 있는 하인들을 남겨 두고, 이 사건의 수수께끼 전모가 들어 있는 두 편의 수기를 읽기 위해 터벅터벅 자신의 사무실로 돌아갔다.

래논 박사의 수기

나흘 전인 1월 9일, 나는 오후에 한 통의 등기우편을 받았다. 우리 집 주소를 쓴 글씨는 친구이자 대학 동창인 헨리 지킬의 필적이었다.

나는 편지를 받고 놀랐다. 왜냐하면 우리는 평소에 편지를 주고받은 적이 거의 없었기 때문이다. 게다가 전날 밤에 그와 만나서 식사도 함께했으므로 등기우편이라는 형식으로 전달할 만한 용건을 생각해 낼 수가 없었다.

내용을 읽고 나는 더욱 놀랐다. 그 내용은 다음과 같았다.

친애하는 래논에게.

자네는 나의 가장 오랜 친구 중 하나일세. 우리는 가끔 학문적인 문제에서 견해를 달리하긴 했어도, 적어도 내 생각에는 우리의 우정에 금이 간 적은 없었네. 물론 그런 적은 없었지만 만약 자네가 나에게 '지킬, 나의 생명과 명예, 이성은 모두 자네에게 달려 있네'라고 말했다면 나는 전 재산이나 왼팔을 희생해서라도 자네를 도우려 했을 거야. 그런데 래논, 지금 나의 생명, 명예, 이성은 모두 자네에게 달려 있네. 오늘 밤 자네가 나를 도와주지 않으면 나는 파멸할 거야.

이렇게 서두를 꺼내 놓으니 자네는 내가 어떤 불명예스러운 일을 부탁하려는 모양이라고 생각할지도 모르겠네. 하여튼 그것은 자네의 판단에 맡기겠네.

자네에게 다른 어떤 약속이 있더라도, 설사 황제가 자기 침실로 자네를 소환했더라도 오늘 밤만은 모두 연기해 주기를 바라네. 자네 마차가 지금 문 밖에 있지 않으면 빨리 다른 마차라도 불러서 이리로 오게. 그리고 의논할 게 있으니 이 편지를 지참하고 곧장 나의 집으로 오게. 집사인 풀에게는 이미 지시해 두었네. 그 사람은 문지기와 함께 자네가 도착하기를 기다리고 있을 걸세.

내 서재로 오면 강제로라도 문을 열게. 그리고 혼자 들어오게. 그리고 방의 왼쪽에 있는 유리장을 열게. 대문자 E가 씌어 있는 유리장일세. 만일 그것이 잠겨 있으면 부수어서 열고, 위에서 네 번째 또는 (같은 것이지만) 밑에서 세 번째 서랍의 내용물을 원래 상태 그대로 빼내게. 지금 내 정신이 극도로 심란해 있기 때문에 혹시라도 잘못 가르쳐 줄까 봐 두려워서 죽을 지경이네. 그러나 내가 잘못 가르쳐 줬다 해도 내용물을 보면 서랍을 제대로 찾았는지 알 수 있을 거야.

내용물은 가루약과 약병, 그리고 수첩이라네. 이 서랍을 빼서 그대로 카벤디시가의 자네 집으로 가져가 주기를 바라네. 이것이 자네가 해 줘야 하는 첫 번째 일이네. 자, 이제 두 번째 부탁을 말하겠네.

자네가 이 편지를 받고 곧장 출발한다면 자정이 훨씬 되기 전에 집으로 돌아올 수 있을 거야. 그런데 내가 그만큼의 여유를 두는 것은 혹시 막을 수도 없고 예측할 수도 없는 장애가 나타날 것이 두려워서이기도 하지만, 자네 하인들이 모두 잠자리에 든 시간에 뒷일을 하는 것이 좋기 때문일세. 그리고 자정이 되면 반드시 혼자 진찰실에 있다가 내 이름을 대는 사람이 오면 자네가 직접 들여보낸 후, 내 집 서재에서 가져간 서랍을 그에게 주게. 그러면 자네가 맡은 일은 다 끝나고, 나는 자네에게 엄청나게 감사할 걸세.

자네가 꼭 이 일에 대한 해명을 요구한다면, 5분 후에 이런 작업이 왜, 얼마나 중요한지 알게 될 거야. 그리고 이런 말이 지금은 황당하게 들리겠지만, 내가 부탁한 일을 하나라도 이행하지 않으면 자네는 나중에 나를 죽음으로 몰았다거나 이성을 파괴했다는 양심의 가책에 시달리게 될지도 모르네. 자네가 이런 나의 애원을 가볍게 여길 거라고 생각하지 않지만 혹시라도 그럴까 봐 나는 지금 가슴이 덜컹 내려앉고 손이 떨리고 있네. 이런 시간에, 이상한 곳에서, 상상도 할 수 없는 정신적 고통에 시달리고 있는 나의 심정을 헤아려 주게. 그러나 자네가 나의 부탁을 정확히 들어주기만 하면 나의 고통은 지나간 이야기처럼 사라지리라는 것을 잊지 말게. 사랑하는 나의 친구, 래뇬, 나를 도와주게. 그리고 자네 친구의 목숨을 구해 주게.

친구 H. J.

추신 : 이 편지를 봉하고 나니 새로운 두려움이 엄습하는군, 우체국이 나를 돕지 않아서 이 편지가 내일 아침에나 자네에게 전달될지도 모르겠군. 그럴 때에는, 친구여, 낮 시간에 편한 시간을 골라 내 부탁을 이행해 주게. 그리고 한밤중에 다시 한 번 내가 보내는 심부름꾼을 기다려 주게. 그러나 그때는 이미 너무 늦을지도 모르지. 만일 그날 밤 아무 일도 없으면 자네는 헨리 지킬을 마지막으로 본 사람이 되는 걸세.

나는 편지를 읽고 난 뒤 이 친구가 분명히 돌았다고 생각했다. 그러나 그를 정신이상으로 의심할 수 없는 사실이 판명될 때까지는 그가 요구하는 대로 해 주어야 한다고 생각했다. 이 터무니없는 일이 이해되지 않았지만, 그만큼 이 일의 중요성도 판단하기 어려웠다. 그렇다고 간절한 부탁을 무책임하게 묵살할 수도 없었다. 그래서 나는 사무실에서 나와 합승 마차를 타고 곧장 지킬의 집으로 갔다.

집사는 내가 도착하기를 기다리고 있었다. 그도 나같이 등기 우편으로 지킬의 지시를 받았기에 우리는 곧장 열쇠공과 목수를 부르러 사람을 보냈다. 우리가 이야기를 하고 있는 중에 그들이 나타났다. 우리는 함께 옛날에 던맨 박사가 외과학 강의실로 쓰던 건물로 들어갔다. (자네도 물론 알다시피) 여기가 지킬의 서재로 들어가는 데 가장 편리했기 때문이다.

문은 매우 견고했으며 자물쇠도 튼튼했다. 목수는 강제로 문을 열려면 힘이 엄청나게 들겠지만 문도 많이 망가질 것이라고 했다. 열쇠공도 거의 포기한 상태였다. 그러나 그는 손재주가 좋은 사람이어서 두 시간 동안 고생한 끝에 결국 문을 여는 데 성공했다.

E자가 표시된 서랍은 잠겨 있지 않았다. 나는 그 서랍을 빼낸 뒤, 빈 공간을 짚으로 채우고 보자기에 싼 다음 카벤디시가로 가지고 왔다.

집에서 나는 내용물을 조사해 보았다. 가루약은 아주 잘 포장돼 있었으나 약제사가 한 것만큼 깔끔하지 못한 것으로 보아 분명히 지킬 자신의 솜씨임을 알 수 있었다. 포장된 물건 중에 하나를 열어 보니 흰색의 크리스털 소금 같은 것이 들어 있었다. 그다음에는 약병 하나가 눈에 띄었다. 그곳에는 피처럼 빨간 액체가 반쯤 들어 있었는데 심하게 쏘는 냄새가 나는 것으로 보아 인과 휘발성 에테르가 함유돼 있는 것 같았다. 그러나 다른 성분에 대해서는 짐작할 수 없었다.

보통의 공책과 같은 수첩이었는데, 날짜가 죽 적혀 있는 것 외에는 거의 공백이었다. 날짜는 몇 년 전부터 쭉 적혀 있다가 1년 전쯤부터 갑자기 끊겨 있었다. 날짜 옆에는 군데군데 간단한 논평이 붙어 있었는데 한 단어 이상 되는 것은 거의 없었다. 모두 수백 군데에 이르는 기록 가운데 '두 배'라는 단어가 아마 여섯 번쯤 있는 것 같았다. 초기의 날짜 중에 한곳에 '완전 실패!!!'라고 느낌표가 몇 개나 붙어 있는 곳이 있었다. 이 모든 것은 내 호기심만 부채질했을 뿐 확실한 것을 말해 주지는 못했다.

그 밖에 팅크제 약병과 소금 종이, 그리고 (지킬 박사의 연구가 대부분 그러하듯) 실용성 없는 일련의 실험 기록들이 있었다. 이 물건들이 내 집에 있고 없고에 따라 어떻게 저 엉뚱한 친구의 명예, 정신이상의 여부, 혹은 생명이 영향을 받을 수 있을까? 심부름꾼을 한곳에 보낼 수 있었다면 왜 다른 곳으로는 보낼 수 없을까? 그리고 아무리 사정이 있다 하더라도 왜 이 사람을 나 혼자 몰래 접견해야 하는가? 생각할수록 뇌질환 환자를 상대하고 있다는 확신이 더욱 굳어졌다. 나는 하인들이 잠자리에 들도록 물러가게 했지만 스스로를 지켜야 할 필요성에 대비해 헌 권총에 총알을 재어 두었다.

열두 시를 알리는 종소리가 런던의 밤하늘에 울려 퍼지자마자 조심스럽게 문 두드리는 소리가 들렸다. 내가 직접 나가 보았더니 한 작은 사나이가 현관 기둥에 웅크린 채 기대어 서 있었다.

"지킬 박사가 보낸 사람이오?"

나는 물었다.

"네."

사나이는 어색한 몸짓을 하며 말했다. 내가 들어오라고 말했으나 그는 뒤돌아 어두운 거리를 살핀 다음에야 내 말에 따랐다. 그다지 멀지 않은 곳에서 순경 한 사람이 손전등을 비추면서 다가오고 있었다. 그것을 보자 손님은 놀라며 더 서두르는 것 같았다.

솔직히 말하면 나는 그의 이런 점들에 매우 놀랐다. 그래서 그를 앞세운 채 환한 진찰실로 들어갈 때에도 나는 계속 권총에 손을 대고 있었다. 여기서 마침내 나는 그를 똑똑히 볼 수 있었다. 전에 한 번도 본 적이 없는 사람인 것이 확실했다. 그는 이미 말했듯이 체구가 작았다. 그밖에 소름 끼치는 얼굴, 몹시 움직이는 근육과 쇠약한 몸매가 결합된 이미지 때문에 나는 겁이 났다. 끝으로, 그가 가까이 있으면 이상하게 마음이 불안해진다는 점도 특이했다. 그것은 오한의 초기 증세와 비슷했으며, 맥박도 뚜렷이 줄어들었다. 그때는 이것을 특이한, 개인적인 혐오감 때문인 것으로 여기고, 다만 징후가 심한 것을 의아하게 생각했을 뿐이었다. 그러나 나는 그 후 그 원인은 인간의 깊은 본성과 관련이 있으며, 증오보다 훨씬 차원 높은 것이라고 확신하기에 이르렀다.

이 사나이는 (방에 처음 들어온 순간부터 내게 불쾌한 호기심이라고밖에 표현할 수 없는 느낌을 주었지만) 보통 사람이 보았다면 웃음을 참지 못할 그런 옷차림을 하고 있었다. 옷감은 고급이고 점잖아 보이는 편이었지만 그에게 매우 컸다. 바지는 다리에 매달린 듯 헐렁헐렁했으며, 땅에 끌리지 않게 바짓단을 걷어 올리고 있었다. 그리고 웃옷의 허리는 엉덩이 아래까지 와 있었으며 옷깃은 어깨 위로 넓게 벌어져 있었다.

그러나 이상하게도 나는 이 우스꽝스러운 옷차림을 보고서도 전혀 웃음이 나오지 않았다. 오히려 지금 마주 보고 있는 이 사람은 본질적으로 비정상적이고 부조리한 면이 있었다.

다시 말해 뭔가 사람의 혼을 빼고, 놀라게 하며, 거부감을 일으키는 면이 있었으므로 지금의 이 불균형이 오히려 정상이며 그런 점을 강화시키는 것 같았다. 그래서 그 사나이의 본성과 성격 외에 추가로 그의 출생과 생활, 재산, 그리고 사회적인 지위에까지 호기심이 생겼다.

이러한 관찰을 글로 써 놓으니 꽤 많은 지면을 차지하였지만 실제로는 겨우 몇 초간의 일이었다. 방문객은 아주 들떠 있었다.

"그것을 가지고 오셨습니까?"

그자는 큰 소리로 물었다.

"그것을 가지고 오셨습니까?"

그자는 점점 조급해지는지 내 팔을 잡고 흔들기도 했다.

그의 손이 닿으면서 피가 얼어붙는 것 같은 고통이 느껴져 나는 그를 밀어냈다.

"여보시오. 나는 아직 당신과 인사도 나누지 않았소. 일단 앉으시오."

그리고 본보기를 보여 주듯이 나는 늘 앉던 의자에 앉았다. 여느 환자를 대하는 것과 같은 태도를 꾸미고 있었지만 밤도 깊었고, 선입견도 있는 데다가 방문객에 대한 공포로 인해 나는 마음을 강하게 먹었다.

"용서하십시오, 래논 박사님."

그는 아주 공손히 대답했다.

"선생님의 말씀이 참으로 옳습니다. 마음이 조급한 나머지 실례를 범했습니다. 저는 선생님의 친구 헨리 지킬 박사의 부탁을 받고 시급한 용건으로 찾아왔습니다. 제가 알기로는……."

그는 이야기를 멈추고 손을 목에 가져다 댔는데, 차분한 태도에도 불구하고 그것이 병적인 발작을 진정시키려고 애쓰는 것임을 나는 알 수 있었다.

"제가 알기로는 서랍이……."

그러나 여기서 나는 손님의 불안한 태도에 동정심이 일었고, 내 쪽에서도 약간 호기심이 생겼다.

"저기 있소, 선생."

나는 서랍 쪽을 손으로 가리키며 말했다. 그것은 탁자 뒤편 바닥에 보자기로 싸인 채 놓여 있었다. 그는 그것을 집으려고 뛰어가려다가 갑자기 동작을 멈추고 자신의 가슴에 손을 가져다 댔다. 그의 턱이 떨려 이 부딪치는 소리가 들렸다. 그의 표정이 너무 무시무시했기 때문에 나는 그의 생명과 정신이 모두 걱정되었다.

"진정하십시오."

나는 말했다.

그는 나를 향하여 무서운 웃음을 짓고 나서 자포자기한 듯이 보자기를 잡아당겼다. 그가 내용물을 보더니 안심한 듯 큰 소리로 울먹이는 바람에 나는 깜짝 놀라 움직일 수 없었다. 잠시 후 그는 꽤 진정된 목소리로 "혹시 눈금이 새겨져 있는 시험관이 있습니까?" 하고 물었다.

나는 간신히 자리에서 일어나 그가 부탁한 것을 가져다주었다. 그는 웃음 띤 얼굴로 고개를 끄덕이며 감사를 표한 후 빨간 팅크제 약간을 시험관으로 잰 다음 가루약 한 봉지에 섞었다. 처음에 붉은색을 띠었던 그 혼합물은 크리스털 소금이 용해되면서 서서히 색깔이 밝아졌다. 동시에 소리를 내면서 끓어오르며 수증기를 내뿜기 시작했다. 그러다가 갑자기, 그리고 동시에 끓는 것이 멈추면서 혼합물은 짙은 자줏빛으로 변했다가 잠시 후에는 다시 서서히 색깔이 옅어지더니 마침내 연한 초록색으로 변했다. 이러한 변화를 열심히 지켜보던 그 손님은 빙그레 웃으며 시험관을 탁자 위에 올려놓았다. 그리고 뒤돌아서서 나를 탐색하듯이 바라보았다.

"그럼 이제 남은 일을 마무리해야겠군요. 선생님은 알고 싶습니까? 가르쳐 드려야 합니까? 이 유리 시험관을 들고 아무 말 없이 이 집에서 나가도 될까요? 아니면 호기심을 참을 수 없습니까? 대답하시기 전에 잘 생각해 보십시오. 선생님이 결정하는 대로 할 테니까요. 선생님이 원하시면 선생님을 전과 같이 내버려 두겠습니다. 더 부자가 되는 것도 아니고, 더 똑똑하게 되지도 않을 겁니다. 죽도록 괴로워하는 사람을 돕는다는 마음을 일종의 정신적인 부라고 할 수도 있다면 말이 다르지만 그렇지 않고 선생님이 원하신다면 새로운 지식의 영역, 또 명예와 권력의 새로운 장이 선생에게 열릴 것입니다. 여기 이 방에서 지금 당장 말입니다. 그리하여 마왕의 불신도 흔들 수 있는 놀라운 기적으로 선생의 눈을 어지럽게 해 드리겠습니다."

"여보시오."

나는 본심과 정반대로 냉정한 척하면서 말했다.

"당신은 도저히 알아들을 수 없는 얘기만 하는군요. 내가 당신 말을 듣고 있기는 하지만 그다지 믿지 않는다는 것을 당신도 잘 알 텐데. 그러나 나는 이렇게까지 당신을 위해 도저히 이해할 수 없는 부탁을 들어주었으니 끝장을 보지 않을 수 없군요."

"좋습니다."

손님은 대답했다.

"래논, 당신의 맹세를 잊지 마시오. 이제부터 일어나는 일은 직업상의 비밀로 해야 합니다. 자, 당신은 오래전부터 편협하고 물질적인 견해에 얽매여 있었소. 당신은 초자연적인 약의 효과를 부정하고 자기보다 나은 사람들을 비웃어 왔소. 자, 잘 보시오!"

그는 유리관을 입술에 가져다 대더니 단숨에 들이마셨다. 비명이 터져 나왔다. 그는 몸을 꼬았고, 비틀거렸고, 탁자에 매달린 채 사방을 노려보았으며, 입을 벌려 가쁜 숨을 몰아쉬었다. 변화가 일어나는 것 같았다. 그의 몸이 부풀어 오르는 것 같았다. 얼굴이 갑자기 검게 변했다 마치 얼굴의 이목구비가 녹으면서 변화하는 것 같았다. 나는 벌떡 일어나 뒷걸음질을 쳤고, 그 바람에 벽에 부딪쳤다. 나는 괴물로부터 내 몸을 보호하기 위해 두 팔을 번쩍 올렸다. 마음은 공포에 휩싸였다.

"오, 하느님!"

나는 부르짖었다.

"오, 하느님!"

하느님을 수없이 외쳤다. 바로 내 눈앞에서 헨리 지킬이 창백한 얼굴로 부들부들 떨며, 마치 죽었다가 부활한 사람처럼 반쯤 실신한 상태로 양팔로 전방을 더듬고 있는 게 아닌가!

그다음에 그가 들려준 이야기를 제정신으로는 도저히 종이에 옮길 수 없었다.

나는 직접 내 눈으로 보았고, 또 직접 내 귀로 들었다. 그리고 나의 영혼은 그로 인해 병들었다. 그 광경이 내 눈에서 사라진 지금도 나는 그것을 과연 믿어야 할지 수없이 자신에게 물었으나 대답할 수 없다. 나의 생명은 뿌리까지 흔들렸다. 잠은 내 곁을 떠나 버렸다. 끔찍한 공포가 밤낮으로 내 곁을 떠나지 않는다. 나는 죽을 날이 얼마 남지 않았음을 느낀다. 나는 죽고 말 것이다. 의구심을 떨치지 못한 채 죽을 것이다. 그가 회개의 눈물까지 흘리면서 나에게 밝힌 도덕적으로 비열한 행위에 대해서는 떠올리기만 해도 온몸이 오싹해진다.

어터슨, 한마디만 더 하겠네. 이 한마디만으로 (만일 자네가 믿어 줄 수 있다면) 충분할 것이다. 그날 밤 나의 집에 숨어

들어온 그자는, 지킬 자신의 고백에 따르면, 하이드라는 이름
으로 알려진 커루 살해범으로서 나라 구석구석에까지 수배
되어 있는 인물이네.

헨리 지킬이 진술하는 사건의 전모

18××년, 부유한 집안에서 태어난 나는 선천적으로 뛰어난 재능을 타고난 데다가 부지런했고, 학식이나 덕망이 높은 사람을 존경했다. 따라서 짐작할 수 있는 것처럼 명예와 명성으로 가득한 미래가 확실하게 보장돼 있는 셈이었다.

그런데 나의 가장 큰 결점은 향락에 쉽게 빠지는 기질이었다. 그러한 기질은 많은 쾌락을 주기는 하나 나같이 목에 힘주고 싶고, 사람들 앞에서 더욱 점잖은 체하고 싶은 오만한 욕망을 가지고 있는 사람과는 도무지 함께 누릴 수 없는 것이었다. 그래서 나는 쾌락을 추구하는 기질을 숨기지 않으면 안 되었고, 분별을 가릴 줄 아는 나이에 이르러 주위를 의식하고 출세와 사회적 지위를 따지기 시작했을 무렵에는 이미 이중생활에

깊이 빠져 있었다.

　세상에는 내가 죄의식을 느끼는 방탕한 행위들을 오히려 떠벌리는 사람들도 많이 있을 것이다. 그러나 나는 스스로 설정한 높은 기준 때문에 그런 행위를 거의 병적이라 할 정도의 수치심을 가지고 보았고 또 숨겨 왔다. 내가 지금의 이 모습이 된 것은 특별한 타락 때문이라기보다 이처럼 높은 지위를 열망하는 나의 본성 때문이다. 그래서 인간의 이중성격을 나누기도 하고 결합하기도 하는 선과 악의 영역에 관한 한, 나에게는 대부분의 사람들보다 훨씬 깊은 간격이 있었다. 이렇게 되자 나는 종교의 기본을 이루고 있고, 고통을 불러일으키는 풍부한 원천 중에 하나인 엄격한 삶의 법칙에 대해서 깊이, 또 상습적으로 생각하지 않을 수 없었다.

　비록 심한 이중생활을 했지만 그렇다고 내가 위선자였던 것은 결코 아니었다. 나의 양면은 둘 다 매우 진지했으니까. 자제심을 벗어던지고 부끄러운 짓에 빠질 때에도 평소에 학문의 진보에 힘쓰고 사람들의 슬픔이나 고통을 덜어 주기 위해 애쓸 때와 마찬가지로 나는 나 자신이었다. 그리고 공교롭게도 내 연구 방향이 초자연적인 현상 쪽이었기 때문에 그것은 나의 내부에 있는 두 자아의 끊임없는 투쟁을 의식하는 데도 작용했으며, 결과적으로 그것을 규명하는 데 큰 도움을 주었다. 나는 매일 도덕과 지식이라는 지성의 양면을 고찰하여 인간은 실제로 하나가 아니라 두 개의 자아로 이루어진 존재라는 진리에 점점 접근했다. 이러한 진리의 불완전한 터득이 결과적으로 나를 끔찍한 파멸로 이끈 셈이다.

여기서 내가 두 개의 자아라고 말하는 것은 현재 나의 지적 능력으로는 그 이상의 규명이 불가능하기 때문이다. 똑같은 문제에 있어서 나의 의견을 따를 사람도 있겠지만 나보다 더 나은 이론을 제시할 수 있는 사람도 있을 것이다. 인간이란 결국 다양하고 서로 조화되지 못하며, 독립적인 자아의 집단에 불과하다고 나는 감히 추측한다. 나의 경우 성격상 한 방향, 오직 한 방향으로만 확실하게 전진했을 뿐이다. 내가 인간의 철저하고 본질적인 이중성을 깨달은 것은 인간의 도덕적인 측면에 관한 것이며, 순전히 내 개인에게만 적용되는 문제다. 나의 의식 속에서 서로 싸우고 있는 두 성격이 모두 나 자신이라고 말할 수 있지만 그것은 내가 그런 양면적인 성격을 모두 지니고 있었기 때문이다.

오래전, 아니 학문적 발견을 통해 이러한 기적이 일어날 가능성이 조금이라도 보이기 훨씬 전부터 나는 선과 악의 요소를 분리한다는 생각만으로도 달콤한 백일몽에 빠지곤 했다. 만약 이 요소가 별개의 두 실체에 들어가 각각 그것의 주인이 될 수 있다면 인생의 모든 참기 어려운 고통으로부터 해방될 것이라고 나는 스스로에게 말했다. 사악한 쪽은 고상한 쌍둥이 형제의 사회적 야망과 양심의 가책으로부터 벗어나 독자적으로 자기 길을 나아갈 수 있을 테니까. 그리고 선량한 쪽은 자기가 즐거움을 느끼는 선행을 하면서 꾸준히, 그리고 안전하게 고상한 행로를 갈 수 있으며, 더는 이 외래의 악이 저지르는 치욕과 비행에 노출되지 않을 것이다.

서로 조화될 수 없는 요소들이 이렇게 한 다발로 묶여 있는 것, 즉 괴로운 의식 속에서 이 두 극단적인 쌍둥이가 끊임없이 싸워야 한다는 것은 인류에게 재앙이 아닐 수 없다. 그럼 그것들을 분리하려면 어떻게 해야 할까? 나의 생각이 이 부분까지 미쳤을 때 앞에서 말했던 것처럼 이 문제가 부분적으로나마 실험실에서 해결될 기미가 보이기 시작했다.

우리가 옷을 걸치고 다니는 육체는 겉보기에는 꽤 튼튼한 것 같지만 실제로는 불안정하고, 실체가 없으며, 마치 안개처럼 일시적인 존재라는 생각이 과거보다 더욱 깊어졌다. 나는 어떤 약품에는 마치 바람이 대형 천막의 커튼을 펄럭이게 하듯이 육신의 껍질을 흔들어 벗겨 내는 힘이 있다는 것을 깨달았다. 그러나 두 가지 이유로 나는 이 고백의 과학적인 측면을 설명하지 않으려 한다. 첫째는 우리는 인생의 운명과 짐을 영원히 우리의 어깨 위에서 내려놓을 수 없으며, 그것에서 벗어나기 위해 애쓸수록 그것은 더욱 알 수 없는 모습으로, 더욱 강력한 정신적 짐이 되어 반드시 되돌아온다는 것을 깨달았기 때문이다.

둘째, 이 수기의 뒤에 분명히 나오겠지만, 나의 발견은 완전하지 못했기 때문이다. 다만 나는 내 육체를 단순히 영혼을 구성하는 어떤 힘의 발광체에 지나지 않는 존재로 인식했을 뿐만 아니라, 그 힘을 최고의 지위에서 끌어내리고 제2의 형태와 용모로 대체하는 약을 합성했다는 점만 밝히고자 한다. 바뀐 모습들은 나의 영혼 속에서 저급한 요소들이 표출된 것이다. 저급이라는 낙인을 찍을 만한 것이지만 그럼에도 불구하고 그런 성질 역시 나의 본성이다.

나는 이 이론을 실제로 실험에 옮기기까지 오랫동안 망설였다. 나는 목숨이 위태롭다는 것도 잘 알고 있었다. 인간의 근원적인 요소까지 그렇게 강력하게 지배하고 뒤흔드는 약이라면 복용량을 조금만 초과하거나 투약 시간을 조금만 잘못 맞춰도 내가 변화시키려 하는 이 육체의 가건물이 완전히 사라질지도 모르기 때문이다.

그러나 그 특별하고 위대한 발견에 대한 유혹은 결국 위험을 알리는 경고의 징후를 극복하게 했다. 나는 오래전에 팅크제를 준비해 두었다. 나는 즉시 도매 약품상에서 대량의 특수 소금을 구입했다. 나는 실험을 통해 그 소금이 이 과업에 필요한 마지막 성분이라는 것을 알고 있었다. 그리고 그 저주 받을 밤에 나는 그 요소들을 혼합했고, 그것들이 유리관 속에서 연기를 내며 끓어오르는 모습을 지켜봤다. 그리고 끓는 작용이 가라앉자 큰 용기를 내어 그 약을 들이켰다.

몸이 찢어지는 듯한 고통이 뒤따랐다. 그것은 뼈를 가는 듯한 고통, 심한 구토, 그리고 출산이나 죽음의 고통에 못지않은 영혼의 공포였다. 잠시 후, 고통이 갑자기 가라앉자 나는 중병에서 회복된 사람처럼 정신이 들었다. 그리고 뭔가 이상한 것, 말로 표현할 순 없지만 뭔가 새로운 것, 그리고 그 새로운 기분에서 나오는 엄청난 쾌감 같은 게 느껴졌다. 몸은 더 젊어졌고, 가벼워졌고, 더 좋아진 것 같았다. 안으로는 난폭한 흥분, 무질서한 관능의 환상이 물레방아를 돌리는 물줄기처럼 분출했다. 의무의 구속은 소멸되고, 뭔지 모르겠지만 순수하지 못한 영혼의 자유가 느껴졌다.

새로운 생명으로 첫 호흡을 시작하는 순간 나는 내가 더욱, 아마 열 배는 더 사악해졌다는 것, 그리고 내 안에 숨어 있던 악마의 노예로 전락했다는 것을 깨달았다. 이러한 생각은 그 순간만큼은 포도주를 마신 것처럼 나를 기운 나게 해 주었고 기쁘게 해 주었다. 나는 이러한 신선한 감각에 환호하여 양팔을 위로 뻗었다. 이 과정에서 나는 내 몸이 작아진 것을 불현듯 느꼈다.

그날 내 방에는 거울이 없었다. 지금 글을 쓰는 내 옆에 놓인 거울은 순전히 신체의 변화를 비춰 보기 위해서 나중에 들여다 놓은 것이다. 어찌하였건, 밤이 깊어졌고, 새벽이 다가왔다. 아직 어두운 새벽이었지만 새날의 시작을 알기에는 충분했다. 집 안사람들은 깊은 잠에 빠져 있었다. 희망과 승리에 도취된 나는 용기를 내어 바뀐 모습으로 침실까지 가자고 결심했다. 나는 뜰을 가로질러 걸어갔다. 밤새도록 세상을 감시하는 하늘의 별자리들도 지금까지 보지 못했던 이 신기한 동물을 의아해하며 내려다보는 것 같았다. 내 집에서 이방인이 된 나는 복도를 살금살금 지나 침실로 왔고, 나는 거기서 처음으로 에드워드 하이드의 모습을 보았다.

지금부터 내가 얘기하는 것은 이론일 뿐이다. 즉, 내가 알고 있는 것이 아니라 가장 가능하리라고 추측되는 것을 말하는 것이다. 내가 지금 육체화한 나의 악한 본성은 내가 방금 없애 버린 선한 쪽의 본성보다 강하지 못했고 발육도 뒤떨어졌다. 거듭 말하지만, 지금까지 나의 인생 중 10분의 9는 노력과 미덕, 자제심으로 이루어져 있었으므로 악의 본성이 활동하거나 사용되는 일은 훨씬 적었다. 그러므로 에드워드 하이드가 헨리 지킬보다 훨씬 작고 홀쭉하며 젊었다고 생각된다.

한쪽 얼굴에서 선이 빛나고 있는 것과 반대로 다른 쪽 얼굴에는 악의 표시가 커다랗고 뚜렷하게 새겨져 있었다. 뿐만 아니라 악은 (나는 여전히 이것이 죽음의 편이라고 생각한다) 불구와 퇴화의 흔적을 남겼다. 그러나 거울을 통해 그 추한 형상을 봤을 때 나는 거부감을 전혀 느끼지 못했으며, 오히려 반가움으로 펄쩍 뛸 정도였다. 이것 역시 나 자신의 모습이다. 그것은 자연스럽고 인간답게 여겨졌다. 내 눈에는 그것이 내가 여태까지 나라고 불렀던 불완전하고 분열된 얼굴보다 정신적으로 더욱 생기 있고 더 뚜렷한 형상인 것 같았다.

여기까지는 나의 생각이 의심할 여지없이 옳았다. 내가 에드워드 하이드의 모습을 띠었을 때 그 누구도 처음에는 육체의 공포로 몸서리치지 않고서는 내게 접근할 수가 없다는 것을 알았다. 왜냐하면 우리가 만나는 모든 인간은 선과 악의 혼합체이지만 에드워드 하이드는 모든 인류의 속성 중에서 순전히 악으로만 구성된 존재였기 때문이라고 생각한다.

나는 아주 잠시 동안 거울 앞에 서 있었을 뿐이다. 두 번째이자 결정적인 실험을 시도해야만 했던 것이다. 혹시 내가 정체성을 돌이킬 수 없을 정도로 본성을 상실하여, 날이 밝기 전에 더는 내 집이 아닌 이곳에서 달아나야 하는 사태가 있을지 확인할 일이 남아 있었다.

나는 급히 서재로 돌아와 다시 한 번 그 약을 조제해 마셨다. 그랬더니 다시 한번 분열의 심한 고통을 겪었고, 헨리 지킬의 성격과 신체, 얼굴을 가진 나 자신으로 다시 돌아왔다.

그날 밤, 나는 운명의 갈림길에서 있었던 것이다. 만일 내가 좀 더 고귀한 정신으로 나의 과학적 발견에 접근했거나, 사심 없고 경건한 학문적 열망으로 실험했다면 모든 상황이 달라졌을 것이다. 죽음과 탄생의 고통을 딛고 나는 악마가 아니라 천사로 태어났을 것이다.

그 약의 효능은 차별적이 아니었다. 그것은 사악하지도 않았으며 신성하지도 않았다. 단지 그것은 나의 본성을 가두고 있는 감옥의 문을 열 뿐이었다. 그러자 그 안에 있던 것들이 필리피*의 죄수처럼 도망 나온 것이다. 그때 나의 미덕은 잠들어 있었지만, 욕망에 젖어 늘 깨어 있는 악은 재빨리 탈출의 기회를 잡은 것이었다. 그래서 튀어나온 것이 에드워드 하이드였다.

나는 이렇게 두 가지의 성격과 모습을 지니게 되었다. 하나는 완전한 악이고, 다른 하나는 예전의 헨리 지킬, 즉 뜯어고치기에도 바로잡기에도 이미 절망적임을 나 스스로가 이미 잘 알고 있는 부조화된 선악의 혼합체였다. 사태는 철저히 악화되어 갔다.

그때만 해도 나는 무미건조한 학문 생활의 지겨움을 극복하지 못했다. 가끔씩 신나게 놀고 싶었다. 그러나 내가 쾌락을 즐긴다는 것은 아주 관대하게 봐도 점잖지 못한 짓이었다. 그리고 나는 유명하고 존경받는 위치에 있었을 뿐 아니라 거의 노인이 되었으므로 이같이 어울리지 않는 생활은 점점 더 곤란해졌다. 나의 새로운 힘은 바로 이 점을 파고들어 나를 유혹했고, 결국

---

* 사도 바울과 실라는 마케도니아의 필리피에 갔다가 그곳에서 포로로 잡혔다는 내용이 《사도행전》에 나와 있다.

나는 그 힘의 노예로 전락하게 되었다.

한 잔의 약을 마시기만 하면 나는 즉시 유명한 교수의 몸에서 벗어나 두꺼운 망토를 껴입듯이 에드워드 하이드의 몸으로 바뀔 수 있었다. 이렇게 생각하니 미소가 절로 나왔다. 그때는 그런 일이 재미있었다. 나는 극도의 주의를 기울여 일을 꾸몄다. 나는 소호 지역에 새 집을 얻어 가구를 들여놓았다. 경찰이 하이드를 찾아 뒤졌던 집이 바로 그 집이다. 그리고 전부터 말수가 적고 염치없는 사람으로 알고 있던 사람을 그 집의 가정부로 고용하는 한편, 하인들에게 하이드라는 사람은 (그의 생김새를 설명해 주었다) 광장에 있는 나의 본 집에 자유롭게 출입할 수 있다고 알려 주었다. 그리고 사고를 방지하기 위해 나는 그 집에서 제2의 모습으로 나타나 하인들이 나의 얼굴을 익히도록 하였다. 그다음에 자네가 그토록 반대했던 유언장을 작성했다. 지킬 박사로 있을 때 무슨 일이 벌어지더라도 나는 한 푼의 금전상의 손실도 없이 에드워드 하이드 모습으로 살 수 있게 하기 위해서였다. 이렇게 안전장치를 확실히 해 놓고 나서 나는 내 위치의 면책 특권을 이용해 이득을 취하기 시작했다.

옛날에도 사람들은 자객을 고용하여 죄를 저지르게 하고, 본인의 몸과 명성은 안전하게 보호했다. 하지만 쾌락을 얻기 위해 그렇게 한 사람은 내가 처음이었다. 대중 앞에서는 품위 유지의 책임이라는 짐을 힘겹게 지탱하고 있다가 잠시 후 학생처럼 이런 빌린 옷을 벗어 버리고 자유의 바다로 뛰어든 사람도 내가 처음이었다. 그러나 이 꿰뚫을 수 없는 망토를 걸치고 있는 한 나는 전적으로 안전했다. 생각해 보라. 나는 존재하지도 않는 사람이다! 연구실로 피신하여 항상 미리 준비해 놓아둔 약을 섞어 마실 몇 초의 시간만 있으면 에드워드 하이드는 무슨 일을 저질렀든지 간에 거울 위의 입김 자국처럼 사라져 버린다. 그리고 그자 대신에 조용히 집에 머물면서, 밤새 서재에 틀어박혀 연구하고, 어떤 혐의도 가볍게 넘겨 버릴 수 있는 헨리 지킬이 서 있을 것이다.

내가 변한 모습으로 서둘러 추구했던 쾌락은 이미 말했듯이 점잖지 못한 것들이었다. 이에 대해서는 심한 표현을 쓰지 않으련다. 하지만 그런 쾌락은 에드워드 하이드가 손을 대면 즉시 끔찍한 방향으로 바뀌기 시작했다. 가끔 나는 이러한 탈선에서 돌아왔을 때 나의 분신이 저지른 악행에 대해 일종의 경이로움마저 느꼈다. 내가 나 자신의 영혼에서 불러내어 마음껏 쾌락을 즐기라고 세상에 내보내는 이 악마는 선천적으로 악랄했고 비열했다. 그자의 행동과 생각은 모두 자기중심적이었다. 그자는 다른 사람을 고문하면서 짐승 같은 쾌락을 만끽했으며, 돌로 만든 사람처럼 비정했다.

헨리 지킬은 가끔 에드워드 하이드의 행동에 어안이 벙벙했다. 그러나 상황은 상식적인 규칙에서 벗어나 있었으므로 자기도 모르는 사이에 양심의 구속력은 느슨해졌다. 죄 지은 자는 결국 하이드, 오직 하이드뿐이기 때문이다. 지킬은 조금도 타락하지 않았다. 그는 언제나 선한 본성이 전혀 손상되지 않은 본래의 모습으로 되돌아왔다. 심지어 그는 가능한 한 범위 내에서 하이드가 저지른 악을 서둘러 회복해 놓으려고 하기까지 했다. 이러면서 그의 양심은 점점 무뎌졌다.

이런 식으로 내가 묵인한 비행(지금도 나는 내가 그런 짓을 저질렀다는 걸 인정할 수 없다)을 상세히 털어놓을 생각은 없다. 경고의 조짐과 천벌을 예고하는 그 후의 사건들을 언급하고자 한다.

나는 한 번 사고를 일으켰는데, 그것은 큰 결과를 초래하지 않았으므로 짧게 언급하고 말겠다. 내가 어떤 아이에게 잔혹행위를 가했기 때문에 지나가던 행인이 나에게 분노한 적이 있다. 그런데 얼마 전에야 나는 그자가 어터슨의 친척이라는 것을 알았다.

의사와 그 아이의 가족이 그 사람과 합세했다. 내가 생명의 위협을 느낀 순간이었다. 결국 에드워드 하이드는 그들의 당연한 분노를 진정시키기 위해 그들을 현관으로 데리고 가서 내 이름, 즉 헨리 지킬의 명의로 된 수표를 지불했다. 나는 나중에 에드워드 하이드의 이름으로 다른 은행에 계좌를 만들어서 미래에 있을지도 모를 위험의 소지를 없애 버렸다. 그리고 필체를 뒤로 눕힌 글씨로 나의 분신인 하이드에게 서명을 마련해 주었기 때문에 나는 위험의 손길에서 벗어났다고 생각했다.

댄버스 경 살해 사건이 일어나기 두 달쯤 전에, 나는 모험을 즐기러 나갔다가 늦게 돌아왔다. 한데 이튿날 아침, 잠에서 깨어나자 무엇인가 괴상한 느낌이 들었다. 그것은 내 주변의 공허함이었다. 광장에 있는 본가의 고상한 가구와 천장이 높은 방을 보아도 공허했다. 침대 커튼의 무늬며 마호가니로 짜인 침대의 디자인을 보아도 공허했다. 무언가 알 수 없는 느낌이 계속 내가 있어야 할 곳에 있지 않고, 여기서 깨어난 것이 아니라 소호 거리의 작은 방에 있다고 우기는 것이었다. 그곳은 물론 내가 에드워드 하이드의 몸으로 익숙하게 잠갔던 곳이다.

나는 속으로 웃으면서, 심리학적인 방법을 동원해 느긋하게 이 환상의 원인을 연구하기 시작했다. 하지만 그러는 와중에도 가끔씩 다시 안락한 아침잠에 빠져들었다. 이 일에 계속 몰두하던 중 한번은 정신이 들었을 때 우연히 손을 쳐다봤다. 지금 헨리 지킬의 손은 (어터슨이 가끔 지적했던 것처럼) 의사라는 직업에 어울리는 크기와 모양이었다. 즉, 크고 탄탄하며, 희고 아름다웠다. 그러나 그때 내가 이불을 반쯤 덮고 누워 런던 중심부의 노란 아침 햇살 속에서 확실히 본 손은 여위고 울퉁불퉁했다. 또 손가락 마디는 굵고 거무죽죽하고 검은 털이 수북이 덮여 있었다. 그것은 에드워드 하이드의 손이었다.

나는 매우 놀라 30초 정도 멍한 상태로 그 손을 바라봤던 것 같다. 그리고 그다음 순간, 갑자기 심벌즈가 부딪친 것처럼 놀랍고 두려워 나는 침대에서 튀어나와 거울로 달려갔다. 거울 속의 모습을 본 순간 나는 온몸이 얼어붙는 것 같았다. 그렇다. 나는 헨리 지킬인 채로 잠이 들었다가 에드워드 하이드의 모습으로 깨어난 것이다!

이 현상을 어떻게 설명할 수 있을까? 나는 자신에게 물었다. 그러자 또 한 차례의 공포가 엄습했다. 이 일을 어떻게 수습해야 하나? 이미 시간이 꽤 지나 완전히 아침이 되었고, 하인들도 일어나 있으며, 약품은 모두 서재에 있었다.

지금 공포에 질려 서 있는 이곳에서부터 서재까지는 계단을 두 번 내려가, 뒤쪽 통로를 지나, 훤한 안뜰을 가로질러, 해부 강의실을 지나야 하는 먼 거리다.

얼굴을 가리는 것은 물론 가능할 것이다. 그러나 체구가 변한 것을 감출 수 없다면 그게 무슨 소용이 있겠는가? 그러나 그때 하인들은 이미 나의 두 번째 모습, 즉 하이드가 드나드는 것에 익숙해져 있다는 생각이 떠오르면서 달콤한 안도에 몸을 가누지 못할 지경이었다. 나는 몸에 맞는 옷으로 갈아입고 재빨리 집 안을 지나갔다. 그 자리에 있던 브래드쇼는 그 시각에 그처럼 이상한 차림을 하고서 지나가는 하이드 씨를 보고 깜짝 놀라 뒤로 물러섰다. 그리고 10분 후에 지킬 박사는 본 모습으

124

로 돌아와 눈썹을 찌푸리고 앉아서 아침밥을 먹는 시늉을 하고 있었다.

사실 식욕이 나지 않았다. 이 설명할 수 없는 사건, 이제까지의 나의 경험을 뒤엎는 이 사건은 저 옛날 바빌론 왕궁의 벽에 나타난 손가락처럼 나에 대한 심판의 글을 써 내려가고 있는 것 같았다. 나는 그 어느 때보다 심각하게 나의 이중생활의 결과와 앞날에 대해 생각하기 시작했다. 내 힘으로 불러낼 수 있는 사악한 부분은 최근에 활동을 많이 한 탓인지 발육이 좋아졌다. 최근 들어 에드워드 하이드의 체구는 많이 자란 듯이, (내가 그의 모습으로 있을 때) 좀 더 혈액량이 많아진 것을 느낄 수 있었다. 그래서 만약 이 상태가 더 지속된다면 본성의 균형이 깨져 자발적인 변화의 힘을 상실할 것이고, 결국 에드워드 하이드의 성격이 돌이킬 수 없는 나의 성격으로 굳어 버릴지도 모른다는 위험을 나는 간파하기 시작했다.

약의 효력은 항상 일정하게 나타나지는 않았다. 딱 한 번, 초기에 완전히 실패한 적이 있다. 그 이후 나는 가끔씩 투약량을 두 배로 늘렸으며, 죽을 각오로 세 배로 늘린 적도 한 번 있었다. 드물지만 이런 불확실성이 이제까지 만족해 온 나의 마음에 유일하게 어두운 그림자를 드리웠다. 그날 아침의 사고에 비추어 보면, 처음에는 지킬의 육신을 벗어던지는 것이 어려웠으나 이제는 점점, 그리고 확실하게 반대로 되어 가는 것을 알 수 있었다. 따라서 모든 점을 종합해 보면 이렇게 결론 내릴 수 있을 것 같았다. 나는 서서히 본성이자 선한 쪽의 자아를 잃고 두 번째이자 사악한 쪽의 자아로 변해 가고 있었다.

나는 이제 이 두 가지 중에서 어느 한쪽을 택해야 한다고 생각했다. 나의 두 본성은 공통된 기억을 지니고 있지만 그 외의 능력은 모두 달랐다. 지킬(선과 악이 혼합된 사람)은 지금 극도의 불안과 흥미를 가지고 하이드의 쾌락과 모험을 계획하고 함께 즐겼다. 그러나 하이드는 지킬에게 무관심했으며, 산적이 추적을 피해 몸을 숨길 동굴을 기억하는 정도로만 그를 생각했다. 지킬은 하이드에게 아버지 이상의 관심을 갖고 있었지만 하이드의 지킬에 대한 생각은 자식의 무관심에도 못 미쳤다.

지킬과 운명을 함께하려면 오랫동안 남의 눈을 피해 가며 즐겨야 했고, 최근에는 아예 빠져 버린 그런 욕망들을 물리쳐야 했다. 하이드와 운명을 같이하려면 수많은 이익과 이상을 외면하고, 단번에 그리고 영원히 세상으로부터 경멸을 받고 외톨이가 될 것이다. 이 거래는 불공정한 것 같았다. 그러나 이 저울질에는 고려해야 할 점이 하나 더 있었다. 지킬은 금욕의 고통 속에서 쓰라림을 겪어야 할 테지만 하이드는 그가 잃어버린 모든 것을 의식조차 하지 못할 것이라는 점이었다.

나의 처지가 희한하기는 하지만 이 논쟁의 조건은 인류의 역사만큼이나 오래되고 평범한 것이었다. 유혹에 빠져 떨고 있는 어떤 죄인에게도 이와 같은 유혹이나 공포의 주사위가 던져진다. 그리고 나도 대다수의 다른 사람들과 마찬가지로 더 나은 쪽을 택했지만 그것을 지켜 나갈 힘이 부족했다.

그렇다. 나는 친구들과 어울리고, 순진한 희망을 품고 살며, 늙고 불만 속에서 사는 의사의 인생을 택했다. 그래서 하이드라는 가면을 쓰고 즐겼던 자유, 상대적 젊음, 경쾌한 걸음걸이, 약동하는 맥박과 은밀한 쾌락 등과는 단호하게 결별했다. 그러나 무의식중에 약간 미련이 남았던 것 같다. 소호 거리의 집을 처분하지도, 에드워드 하이드의 의복을 없애 버리지도 않았으니까. 그 옷은 지금도 내 서재에 있다.

그래도 두 달 동안은 결심을 지켰다. 나는 두 달 동안 그전 어느 때보다 엄격한 생활을 했으며, 그에 따른 도덕적 만족이라는 보상을 즐겼다. 그러나 시간이 흐르면서 나의 경계심에서 참신함이 사라지기 시작했다. 양심의 칭찬도 당연한 것으로 여겨지기 시작했다. 하이드가 자유를 추구할 때처럼 나는 고민과 갈망에 시달리기 시작했다. 결국 도덕의 힘이 약해지는 시간이 찾아왔고, 나는 다시 한번 변신의 약을 제조해서 삼켰다. 술 주정뱅이가 악행을 저지를 때는 술에 취해 이성이 마비되어 자신이 육체적으로 잔인한 사람으로 전락할 수 있다는 위험을 고려할 확률은 5백분의 1도 안 될 것이다. 나도 나의 처지를 많이 생각해 봤지만 하이드의 특징인 철저한 도덕적 무감각과 무의식적으로 악을 범할 가능성을 충분히 고려하지 못했다. 그런데 내가 벌을 받은 것은 바로 그런 성질 때문이었다.

나의 악마적인 본성은 오랫동안 갇혀 있었다가 으르렁대며 세상 밖으로 뛰쳐나왔다. 약을 마실 때에도 나는 내가 더욱 제멋대로, 더욱 사악한 범죄 성향으로 변했다는 것을 알 수 있었다. 불행한 희생자 댄버스 경의 정중한 말을 듣다가 마음속에서 그토록 격한 분노가 일어난 것도 그 사악한 성질 때문이라고 생각한다. 적어도 하느님 앞에서 도덕적으로 정상인 사람은 그처럼 사소한 자극에 그와 같이 엄청난 죄를 저지르지는 않았을 것이라고 장담한다.

나는 짜증 난 어린아이가 장난감을 부숴 버리는 정도의 정신 상태로 그를 구타했다. 나는 아무리 악한 사람이라도 유혹이 넘치는 세상에서 흔들림 없이 살아가게 하는 그 모든 균형 감각을 제 손으로 팽개쳤던 것이다. 따라서 내 경우, 아무리 사소한 유혹이라도 유혹을 받는다는 것은 곧 유혹에 굴복한다는 것을 의미했다.

내 몸에서 갑자기 악마의 영혼이 깨어나 마구 날뛰었다. 나는 반항하지 않는 그 사람을 기쁨의 무아지경에서 난폭하게 구타했다. 때릴 때마다 쾌락을 느꼈다. 나는 발작이 최고조에 이르렀을 때 비로소 차가운 공포의 전율이 갑자기 심장을 스치고 가는 것을 느꼈고, 그제야 피로감이 뒤따르기 시작했다. 안개가 걸렸다. 그리고 나는 내가 죽음으로 갚아야 할 죄를 저질렀다는 사실을 깨달았다.

나는 한편으로는 기뻐하며, 또 한편으로는 공포에 떨며 그 참혹한 범행 현장에서 달아났다. 나의 사악한 욕망은 충족되었고, 더욱 기고만장했다. 삶의 즐거움은 최고조에 달했다. 나는 소호 거리에 있는 집으로 달려가 (이중의 안전을 위해) 서류를 태워 버렸다. 그리고 집을 나와 가로등이 켜진 거리를 지나갔다. 정신 분열의 환각 상태에서 내가 저지른 범죄에 흡족해하며, 가벼운 마음으로 다음에 저지를 범죄를 구상했다. 그러면서도 복수를 위해 나를 추적하는 자의 발걸음 소리를 귀를 세워 들어 가며 발걸음을 재촉했다.

하이드는 노래를 흥얼거리면서 약을 조제했고, 죽은 자를 애도하는 건배로서 그 약을 마셨다. 몸을 찢는 변형의 고통이 가라앉자 헨리 지킬은 감사와 후회의 눈물을 쏟으며 무릎을 꿇고 하느님께 두 손 모아 기도했다. 자기 탐닉을 감추고 있던 장막이 머리부터 발끝까지 찢겨 나갔고, 나는 생애를 뒤돌아보았다. 나는 아버지의 손을 잡고 걸었던 어린 시절부터 시작하여 의사의 극기 생활, 그리고 현실이라고 믿기지 않는 그날 밤의 저주스러운 사건을 거듭 회상했다. 비명이라도 지르고 싶었다. 의지와 반대로 무서운 환영과 환청을 동반한 기억이 몰려왔고, 나는 눈물과 기도로 그것을 막으려 했다. 그러나 기도 중간에 추악한 악마의 얼굴은 계속 나의 영혼을 노려봤다.

죄책감이 점점 누그러지면서 환희의 기분이 이어졌다. 품행의 문제는 해결되었다. 이제부터 하이드의 존재는 허용될 수 없다. 원하든 원하지 않든 나는 나의 두 존재 중에서 선량한 쪽으로 국한되었다. 아! 생각만으로도 참으로 기뻤다. 나는 겸허한 자세로 당연한 인생의 구속을 기꺼이 받아들였다. 나는 자주 드나들었던 문에 자물쇠를 채운 다음 열쇠를 발로 짓밟았다!

다음 날 어떤 사람이 살인 현장을 목격했다. 하이드가 확실한 범인이다. 그리고 피살된 사람은 사회에서 존경받는 사람이라는 말이 들렸다. 그것은 단순한 죄가 아니었다. 어리석은 비극이었다. 나는 그 얘기를 듣고 기뻐했던 것 같다. 처형의 공포 때문에 선한 쪽의 자아를 유지하려는 나의 의지가 더 강해지고 보호될 거라고 생각한 모양이었다. 지킬은 이제 나의 은신처가 되었다. 하이드가 세상에 잠깐이라도 고개를 내밀면 사람들의 손이 그를 잡아서 죽일 것이다.

나는 앞으로의 행동으로 과거를 속죄하겠다고 결심했다. 그리고 솔직히 말해서 이 결심은 얼마쯤 좋은 결과를 맺었다. 작년 마지막 몇 달 동안, 내가 사람들의 고통을 덜어 주기 위해 얼마나 헌신했는지 자네는 잘 알 것이다. 나는 자네가 알다시피 남을 위해 많은 일을 했고, 조용히 세월을 보냈다. 나도 행복했다. 또 자선을 베풀고 정직하게 사는 것이 지루하지도 않았다.

오히려 날이 갈수록 이런 생활을 더욱 철저히 즐겼던 것 같다.

그러나 나는 여전히 이중의 목적에 시달렸다. 회개의 칼날이 무뎌지면서 오랫동안 방종에 빠졌다가 근래에 사슬에 묶인 나의 저질 본성이 석방해 달라고 외쳤다. 하이드를 소생시킬 생각은 꿈에도 없었다. 생각만 해도 몸서리가 쳐졌다. 아니다. 양심을 가지고 장난치고 싶은 유혹은 바로 내 마음 안에서 일어났으며, 마침내 유혹의 침략에 무릎을 꿇은 것도 내가 평범한 죄인이기 때문이다.

모든 일에는 끝이 있다. 아무리 큰 그릇이라도 언젠가는 채워진다. 악마의 본성에 이렇게 간단하게 굴복한 것이 결국에는 내 영혼의 평형을 무너뜨렸다. 그래도 나는 정신을 차리지 않았다. 이 타락도 내가 약을 발견하기 전의 옛날로 돌아간 것처럼 당연하게 생각되었다.

맑은 1월의 어느 날이었다. 서리가 녹아서 발밑의 땅은 축축했지만 하늘에는 구름 한 점 없었다. 리젠트 공원에는 겨울새가 지저귀고, 달콤한 봄의 향기가 스미는 듯했다. 나는 햇볕이 드는 벤치에 앉았다. 그런데 내 안에 있던 짐승은 옛 쾌락에 대한 추억으로 혀를 날름거리고 있었다. 훗날의 뉘우침을 경고하는 정신적인 면은 약간 나태해져 있었고, 아직 활동을 시작하지 않았다. 어쨌든 나도 다른 사람과 같다고 생각했다. 나를 남들과 비교하면서, 나의 활발한 자선 활동과 남의 어려움에 무

신경한 이웃들의 한가한 잔인함을 비교하며 미소를 지었다.

바로 그런 교만한 생각을 하고 있을 때 갑자기 현기증이 일어나고 무서운 구역질과 심한 오한이 일어났다. 그런 증상은 곧 가라앉았지만 나는 기절한 채 누워 있었다. 이 기절 상태가 지나고 정신이 들었을 때, 나는 나의 정신 상태가 변한 것을 느낄 수 있었다. 엄청나게 대담해졌고, 위험을 비웃으며, 의무의 구속에서 벗어나 있었다. 나는 아래를 내려다보았다. 옷은 쪼그라든 나의 사지에 멋없이 걸쳐져 있었고, 무릎 위에 놓인 손은 울퉁불퉁하며 털로 덮여 있었다.

나는 다시 에드워드 하이드가 되어 있었던 것이다! 조금 전까지만 해도 나는 세상 사람들의 존경을 받는 부자였다. 사람들은 나를 추앙하였기에 다른 집에 가면 항상 나를 위한 식사가 준비되어 있었다. 하지만 지금은 사람들에게 쫓기는 공공의 적이요, 집도 없는 악명 높은 살인자로, 교수대에서 처형될 죄인으로 돌아온 것이다.

나의 이성은 동요했지만 나를 완전히 저버리지는 않았다. 몇 번의 관찰로 알게 되었듯이, 두 번째 본성으로 살 때 나의 능력은 더 예리해지고 정신은 더욱 강한 탄력성을 지녔다. 그래서 지킬이라면 굴복한다고 해도 하이드는 중대한 일에 맞설 수가 있었다.

나의 약품은 서재의 서랍장 속에 있었다. 그것에 접근하려면 어떻게 해야 할까? 그것이 내가 (두 손으로 관자놀이를 꽉 눌러가며) 풀려고 생각한 문제였다. 실험실 문은 내가 잠가 버렸다. 만일 내가 집으로 들어가려고 하면 하인들이 나를 교수대로 넘길 것이다. 나는 남의 도움이 필요하다는 것을 깨달았고, 곧 래논을 생각해 냈다.

그에게 가려면 어떻게 해야 하나? 그리고 어떻게 설득해야 할까? 거리에서 체포되지 않는다 쳐도, 어떻게 그와 만날 수 있단 말인가? 그리고 어떻게 초면이고 불쾌한 손님인 내가 유명한 의사를 설득하여 그의 동료인 지킬 박사의 서재를 뒤지게 할 수 있단 말인가?

그 순간 내 본성 가운데 한 부분이 남아 있다는 사실이 떠올랐다. 나는 본래의 내 필적으로 글씨를 쓸 수 있었다. 일단 그 광명의 불꽃을 찾아내자 내가 다음으로 나아가야 할 방향이 구석구석까지 훤해졌다.

나는 최대한 옷을 몸에 맞춰 입고 지나가는 마차를 불러 세웠다. 그리고 우연히 떠오른 포틀랜드 거리의 한 호텔로 달리게 했다. 나의 외양을 보자 (그 옷이 얼마나 비참한 운명을 안고 있든지 간에 보기에는 참으로 우스꽝스러웠으므로) 마부는 웃음을 참지 못하고 낄낄거렸다. 나는 그런 그에게 굉장한 분노를 터뜨리며 이를 갈았다. 그의 얼굴에서 즉시 웃음이 사라졌다. 그것은 그에게 다행한 일이었으며, 내게는 더욱 다행한 일이었다. 왜냐하면 그가 조금만 더 웃었다면 틀림없이 나는 그를 자리에서 끌어내렸을 것이기 때문이다.

호텔에 들어갈 때 내가 무시무시한 얼굴로 사방을 둘러보았기 때문에 종업원들은 벌벌 떨었다. 그들은 내가 있는 자리에서는 한 번도 서로 눈길을 마주치지 못하고 굽실거리며 내 요구에 따랐고, 나를 별실로 안내한 뒤 편지를 쓰는 데 필요한 것들을 가져왔다.

목숨이 위태로운 하이드는 나로서도 처음 겪는 짐승의 모습이었다. 그는 엄청난 분노로 부들부들 떨고 있었고, 살인이라도 저지를 것 같은 흥분에 싸여 있었으며, 남에게 고통을 주고 싶어 못 견디는 것만 같았다. 그래도 이 짐승은 영리했다. 강력한 의지로 분노를 억누르고 각각 래논과 풀 앞으로 두 통의 중요한 편지를 썼던 것이다. 그리고 그 편지가 발송됐다는 실질적인 증거를 확보하기 위해 등기우편으로 보내라고 지시했다.

그다음에는 하루 종일 별실에 틀어박혀 손톱을 물어뜯으면서 난롯가에 앉아 있었다. 그는 식당에서 혼자 공포에 떨며 식사를 했는데, 그의 눈앞에 선 웨이터는 아주 겁을 먹고 있었다.

밤이 깊어지자 그는 호텔에서 나와 문이 꼭 닫힌 마차 구석에 앉아 시내 거리를 이리저리 달렸다. 지금 나는 '그'라고 말했다. 나는 '나'라고 말할 수 없다. 저 악마의 자식은 인간다운 데라곤 전혀 없었다. 그의 마음속엔 공포와 증오 외에는 아무것도 없었다.

　마침내 마부가 자신을 의심하는 것 같자 그는 마차에서 내려 대담하게 걸었다. 몸에 맞지 않는 옷을 입고 있어서 주시의 대상이 되자 밤거리의 행인들 틈에 끼어들었다. 그의 마음에 깔려 있던 두 감정, 공포와 증오가 폭풍처럼 날뛰었다. 그는 공포에 쫓겨 빨리 걸었고, 중얼거리면서 인적이 드문 길을 돌아다니며 자정까지 남은 시간을 세었다. 한번은 어떤 여자가 성냥갑 같은 것을 내밀며 말을 건넸다. 그는 그 여자의 얼굴을 후려갈겼고, 여자는 달아나 버렸다.

　래논의 집에서 본래의 나로 돌아왔을 때 나는 옛 친구가 드러낸 두려움에 조금 영향을 받았다. 잘 모르겠다. 그의 공포는 내가 몇 시간째 느꼈던 강한 혐오감에 비한다면 바다에 떨어진 한 방울의 물에 지나지 않았다. 나는 변해 있었다. 나를 괴롭히는 것은 더는 교수대에 대한 두려움이 아니었다. 그것은 하이드가 되는 것에 대한 공포였다.

　나는 래논의 비난을 반쯤은 몽롱한 상태로 들었다. 그리고 집에 도착하여 잠자리에 들 때에도 절반쯤 의식이 없는 상태였다. 나는 그날 너무 피곤했기 때문에 나를 괴롭히는 악몽마저 나를 깨우지 못할 만큼 깊은 잠에 빠졌다. 그리고 아침에 잠에서 깨어났을 때에는 비록 몸은 축 늘어져 쇠약해져 있었지만 기분만은 상쾌했다. 나는 여전히 내 속에 잠들어 있는 짐승을 증오했고 두려워했다. 물론 전날의 오싹한 위험도 잊지 않고 있었다. 그러나 나는 다시 내 집에 돌아와 있고 약도 가까이에 있다. 그리고 위기에서 벗어났다는 안도감이 정신 속에서 강하게 일었으며, 희망의 빛도 그에 못지않았다.

나는 아침 식사를 마친 뒤 느긋하게 뜰을 걸으면서 찬 아침 공기를 기분 좋게 들이마셨다. 그때 또 변신을 예고하는, 그 설명할 수 없는 느낌이 나를 사로잡았다. 나는 다시 열정적인 하이드로 변신하여 공포에 휩싸인 채 미친놈처럼 날뛰는 사태가 오기 직전에 간신히 서재로 피신할 수 있었다. 이런 경우, 본래의 모습을 되찾으려면 약의 복용량을 배로 늘려야 했다.

아, 슬프도다! 여섯 시간 뒤 난롯가에 앉아 슬픈 마음으로 난롯불을 바라보고 있는데 다시 끔찍한 고통이 찾아왔고, 나는 또다시 약을 만들지 않을 수 없었다. 요컨대 그날 이후 지킬의 모습을 유지하려면 나는 육체적인 훈련을 하는 것과 같은 엄청난 노력을 하든지 약으로 즉각적인 충격을 받아야 하는 것 같았다. 나는 밤낮으로 변신을 예고하는 전율에 시달렸다. 특히 잠들거나 아니 의자에서 잠깐만 졸아도 깨어나서 보면 늘 하이드로 변해 있었다.

이처럼 어두운 운명이 임박한 듯한 압박에 끊임없이 시달리면서, 그리고 지금의 나처럼, 아, 인간으로서는 감당하기 힘든 이런 불면증에 시달리면서 나는 극도의 흥분에 사로잡힌 짐승으로 변했다. 몸과 마음은 모두 쇠약해져서 축 처졌으며 내 머릿속에는 오직 한 가지, 즉 또 다른 자아에 대한 공포만이 가득 차 있었다. 그러나 내가 잠들거나 약의 효과가 누그러지면 거의 과도기도 없이 (변신에 따르는 고통이 점점 줄었기 때문이다) 나는 공포의 환영, 이유 없는 증오만이 들끓는 마음, 그리고 미쳐 날뛰는 생명의 힘을 억제하지 못하는 육체의 소유자로 돌변했다.

하이드의 힘은 지킬이 약해지면서 더욱 강해지는 것 같았다. 증오는 두 존재를 구별하는 특징이었지만 이제는 둘 다 똑같은 증오를 품었다. 지킬에게 증오는 생존 본능의 감정이었다. 그는 자신과 의식의 일부를 공유하고, 죽을 때까지 자신과 공동 상속인의 운명을 같이할 그 짐승 같은 자가 완벽한 불구자라는 걸 깨달았다. 두 사람이 하나의 운명으로 묶여 있는 이런 공존 관계는 지킬의 고뇌 중 가장 뼈아픈 부분이었다. 그것 외에 하이드가 보여 주는 삶의 에너지에도 불구하고 지킬은 하이드가 소름 끼치고 생명이 없는 존재로 여겨졌다.

이자는 정말 무시무시한 놈이었다. 비명을 지르고 말을 하는 진흙 구덩이, 흥분한 몸짓으로 죄를 저지르는 형태 없는 먼지, 죽어 있고 형태도 없지만 생명의 기능을 강탈한 놈이었다. 그리고 그 반역의 공포는 아내보다, 눈보다도 더 밀접하게 그와 엮여 있었고 그의 몸속에 갇혀 있었다. 그 악마가 자기 몸 안에서 중얼거리는 소리가 들렸으며, 세상에 나오려고 안간힘을 쓰는 것이 느껴졌다. 그리고 놈은 지킬이 약해지면 잠들어 있는 틈을 타 그의 저항을 누르고 생명을 탈취했다.

반면에 하이드의 지킬에 대한 증오는 성질이 달랐다. 교수대에 대한 공포 때문에 하이드는 계속 일시적인 자살을 감행하지 않을 수 없었고, 그 때문에 한 개인이 아니라 개인의 일부라는 종속적인 위치로 되돌아갔다. 그러나 하이드는 그러한 필요성을 싫어했고 지금처럼 의기소침한 지킬의 태도를 싫어했으며, 지킬이 자신을 미워하는 것에 대해 화가 났다. 그래서 하이드는 원숭이 같은 꾀로 나를 가지고 놀았다. 그는 나의 책에 나의 필적으로 욕설을 휘갈겼고, 편지를 태우거나 아버지의 초상화를 망가뜨렸다.

죽음에 대한 두려움만 없었다면 그는 나를 같이 파멸시키기 위해 옛날에 자기 자신을 파멸시켰을 것이다. 그러나 생에 대한 그의 애착은 굉장히 크다. 나는 한 발 더 나아간다. 나는 그에 대해 생각만 해도 역겹고 소름이 끼친다. 이런 그자의 비열하고 열렬한 삶에 대한 애착을 생각하니까, 그리고 자살로서 그와의 관계를 끊을 수 있는 나의 힘을 그가 얼마나 두려워하고 있는지 아니까 그가 불쌍하게 여겨졌다.

이런 설명을 더 길게 늘어놓는 것은 쓸데없다. 또한 시간도 매우 부족하다. 그런 고통을 겪은 사람은 없을 것이라는 말이면 충분할 것이다. 그러나 이런 경우에도 습관은 고통을 덜어 주지는 못할지언정 어느 정도 정신을 무감각하게 만들고 절망에 대해 순응하게 해 주었다. 그리고 지금 내게 닥친 최후의 재앙, 즉 나의 본 모습과 성격을 영원히 분리시킨 최후의 재앙이 없었다면 나에 대한 벌은 오랫동안 계속될 것이다.

소금은 첫 번째 실험 이후 한 번도 추가로 구입하지 않았으므로 점점 동이 나고 있었다. 나는 사람을 시켜 소금을 새로 구해 약을 조제했다. 약이 부글부글 끓어오르면서 처음에는 색이 변했다. 하지만 두 번째 변색은 일어나지 않았다. 나는 그 약을 마셨지만 아무 효력이 없었다. 풀에게 물어보면 내가 런던 구석구석의 약방을 얼마나 열심히 뒤졌는지 자네도 알게 될 것이다. 그러나 그것은 헛수고였다. 지금 생각해 보니 내가 처음 구한 소금에 불순물이 섞여 있었으며, 약이 효과를 나타낼 수 있었던 것은 그 알 수 없는 불순성 때문이었던 것 같다.

일주일 정도 지났고, 지금 나는 마지막 남은 옛날 가루약의 힘을 빌어 이 진술서를 끝내고 있다. 그러므로 기적이 일어나지 않는 한 이것이 헨리 지킬이 자신의 생각으로 사고할 수 있고, 거울에 자신의 얼굴을 (지금 참으로 불쌍한 얼굴로 변해 있다!) 비춰 볼 수 있는 마지막 기회인 셈이다.

또한 너무 꾸물대다가 이 글을 마무리하지 못해서도 안 된다. 왜냐하면 이 글이 지금까지 무사한 것은 엄청난 주의와 엄청난 행운이 결합된 결과이기 때문이다. 이 글을 쓰는 동안 변신의 고통이 일어나면 하이드가 이것을 갈기갈기 찢어 버릴 것이다. 그러나 내가 이 글을 무사히 마치고 약간의 시간만 흐르면, 그자의 엄청난 이기심과 닥친 일에만 몰두하는 사고방식 때문에 이 글은 아마 그의 교활한 악행으로부터 다시 한 번 무사할 수 있을 것이다.

사실 우리 두 사람에게 동시에 접근하고 있는 운명은 벌써 그를 변화시켰고, 그의 몸은 이미 줄어들었다. 반 시간 후에 다시 한번, 그리고 영원히 저주할 인격체로 변신하면 나는 의자에 앉아 떨면서 참으로 슬프게 울 것이다. 아니면 극도의 압박감과 공포로 인한 긴장 속에서 방(이 세상에 남은 나의 마지막 은신처)을 왔다 갔다 하며 나를 위협하는 모든 소리에 귀를 기울이고 있을 것이다.

하이드는 교수대에서 죽을 것인가, 아니면 최후의 순간에 용기를 내어 자신의 모습을 드러낼 것인가? 아무도 모른다. 나는 상관하지 않는다. 지금이 바로 내가 정말로 죽어야 할 시간이며, 앞으로 일어나는 일은 내가 아닌 남의 일이다. 그러므로 이제 나는 펜을 놓고 나의 고백서를 봉함으로써 불행했던 헨리 지킬의 생애를 마치고자 한다.

인간 본성의 양면성을 그려 낸 이야기

우리에게 법과 도덕, 그리고 남의 평판을 두려워하는 마음이 없다면 세상은 어떻게 될까? 지금처럼, 적어도 외면적으로나마 욕망을 자제하고 선을 지향하는 삶을 선택할까? 사회와 문명이 제대로 유지될 수 있을까? 빠르게 변하는 현대사회에서 이러한 고상한 면을 부각시키는 현실과 숨겨져 있던 자신의 악의가 가상(인터넷의 익명성이란 포장 안)에서 드러나고 있는 것을 접하며 한 편의 《지킬 박사와 하이드》를 보고 있는 것처럼 느껴지지 않는가?

책의 배경인 19세기 런던의 음산한 뒷골목이나 21세기 한국에서, 악과 쾌락의 유혹은 길가의 돌부리처럼 사방에 널려 있다. 그리고 그 유혹은 몸에 안 좋은 음식이 맛있듯이 우리에게 달콤한 말로 속삭이며 다가온다. 이렇게 인간의 마음속에는 선과 악이 공존하고 있고, 삶 자체가 선과 악 사이의 줄타기라는 걸 깨닫는 데에는 위대한 철학서를 읽을 필요도 없이, 스무 해 정도만 살면 저절로 알게 될 것이다.

《지킬 박사와 하이드》는 이러한 인간의 양면성을 다룬 로버트 루이스 스티븐슨의 작품이다. 또 늘 안개 끼고 음산한 19세기 런던을 배경으로 낮과 밤을 통해 선과 악의 행동 시간을 고정시키고, 고상하면서 한편으로 음흉한 노신사가 자유자재로 변신하는 '기적의 약물'을 발명한 뒤 그것의 도움으로 '재미있는 삶'을 즐기다 몰락에 이르는 전 과정을 담았다는 점에서 선구적인 공상과학 소설이기도 하다.

악마를 만든 위대한 발명가 지킬

주인공 지킬 박사는 좋은 집안에서 태어나 평생 선행을 베푼 유명한 의사지만 향락에 쉽게 빠지고, 무미건조한 학문의 지겨움을 이기지 못하는 불완전한 인간이다. 고귀한 명성만 빼고는 본질적으로 현대를 사는 우리와 똑같다.

그는 결국 '가끔이나마 신나게 놀고 싶은 충동'을 못 이겨 자신이 원할 때 변신할 수 있는 기가 막힌 약물을 발명한다. 그 약을 들이켜면 악마적인 본성을 자신의 몸에서 분리할 수 있고, 그러면 악마는 '망토를 껴입듯이' 에드워드 하이드의 몸으로 바뀐다. 하이드로 바뀐 지킬은 지금껏 꾹꾹 참아 왔던 악마적 본성을 드러내며 제멋대로 사고를 치다가 그것이 싫증나면 다시 고상한 지킬의 몸으로 돌아온다. 그리고 경건한 마음으로 지난 악행을 회개하고 선행으로 지난 잘못을 보상하는 이중적인 삶을 산다. 어찌 보면 자기 명성을 해치지 않으면서 악행과 타락을 마음껏 즐기는 영리하고도 절묘한 방법을 찾아낸 위대한 발명가인 셈이다.

하지만 이렇게 충동적인 행동을 지속적으로 하면서 지킬과 하이드는 주객이 전도된다. 하이드가 저지르는 악행은 점차 심해지고, 하이드에서 지킬로 돌아오는 것이 버거워지면서 지킬은 선행과 악행의 줄타기인 이중생활에 회의감을 느낀다. 그리고 하이드로 변해 사람을 죽이고 결국 '자살'이라는 극단적인 방법으로 이 생활을 마감하게 된다.

선과 악의 줄다리기

우리는 소설을 읽으면서 지킬 박사가 무미건조한 삶의 돌파구를 찾으려는 집념에 경탄하게 되고, 마침내 하이드로 변신해 악행과 타락을 일삼는 대목에서는 안타까워한다. 또한, 거듭된 약물 사용으로 더욱 강해진 하이드가 방자하게 지킬로 복귀하라는 '주인'인 지킬의 명령을 거역하는 대목에서는 몰락의 서막을 보는 것 같아 숨이 멎는 것 같다.

얼핏 생각하기에, 이 책을 읽고 나면 인간은 악행과 쾌락의 유혹에 참으로 취약한 존재다. 유혹을 참으면 명성은 쌓일 테지만 재미와 쾌락이 없는 무미건조한 삶이 불가피하고, 절제하지 못하고 악행과 타락을 일삼으면 궁극적으로 파멸을 피할 수 없다는 맥 빠진 결론밖에 남는 게 없는 것 같다. 그럼 어떻게 살아야 할까? 어터슨의 말대로 '젊었을 때 철없이 저지른 악행이 암으로 도져, 도깨비 상자의 괴물 인형처럼 느닷없이 튀어 오르는 일이 없도록' 도덕심을 재무장해야 할지 독자들 스스로 답을 구해야 할 것이다.

대부분의 우리는 자신에게는 엄격하지만 타인의 허물에 관대한 어터슨 박사의 삶을 높게 평가한다.

타락한 인생의 최후까지 동반자이자 친구로 남아 있는 어터슨 박사는 우리가 인간으로 태어난 이상 도덕과 양심의 굴레에 벗어날 수는 없어도 이런 의무의 구속에서 벗어나 '못되긴 하지만' 영혼의 자유를 마음껏 누리려는 제2의 자아 역시 인간의 일부라는 것을 이해하는 '인간적인' 인간이기 때문이다.

마도경

1850년 스코틀랜드의 수도 에든버러에서 부유한 토목기사의 아들로 태어났다.

1867년 17세에 아버지의 뜻에 따라 에딘버러 공과대학에 입학했으나 곧 전공을 법학으로 바꿨다.

1875년 변호사 자격을 얻었으나 개업에 뜻이 없던 그는 명망 있는 직업을 뒤로한 채 단편 소설과 수필을 펴내기 시작했다.

1876년 파리에서 자기보다 11세 연상인 미국인 여자 패니 오스본을 만났다.

1878년 그는 그녀를 따라 샌프란시스코로 갔다. 다음 해에 그녀가
       전 남편과 이혼하자 스티븐슨은 그녀와 결혼했다. 프랑스
       와 벨기에에서 카누를 타면서 여행한 경험과 관련된 자신
       의 여행담을 기록한 첫 작품집《내륙 기행》을 펴냈다.

1880년 스코틀랜드로 귀국하였다가, 다음 7년 동안 스티븐슨 부
       부는 유럽의 여러 곳을 다닌다. 어릴 때부터 병약했던 그
       의 건강을 회복하는 데, 공기의 변화가 필요했다.

1883년 그는 가족과 함께 결핵 치료차 스위스 다보스에 가게 되
       고, 그곳에서 의붓아들 로이드를 위해《보물섬》집필에 몰
       두했다.《보물섬》이 출간되자마자 그는 단번에 인기 작가
       로 명성을 높이게 되었다.

1886년 인간의 양면성을 표현한 작품《지킬 박사와 하이드》를 출
       간했다.《지킬 박사와 하이드》는 출간되자마자 베스트셀
       러가 될 만큼 큰 인기를 얻었다.

1887년 미국으로 다시 이주하여 뉴욕주 사라나크호의 요양소로
       들어갔다.

1888년   건강이 악화된 스티븐슨은 아내와 함께 고국을 떠나 남태
         평양의 사모아제도로 떠나 숨을 거둘 때까지 그곳에서 살
         았다. '베일리마'라고 이름을 붙인 그곳에서 그는 원주민
         에게 추장으로 불리며 존경을 받았다. 사모아제도에서 있
         으면서《팔레사의 해변》,《썰물》등의 여행기를 집필했다.

1894년   12월 3일, 발작을 일으켜 별세했다. 베일리마의 원주민 추
         장들은 그를 바에아산 정상에 안장하였고, 그의 묘비에는
         그가 지은 시 〈레퀴엠〉이 새겨져 있다.

옮긴이 **마도경**

경희대학교를 졸업하고 YBM Si-Sa, 도서출판 예음, 한겨레출판사에서 편집장을
지냈다. 현재는 전문 번역가로 왕성한 활동을 하고 있다. 주요 번역서로는《톰 소여
의 모험》《31% 인간형》《공포》《대충돌-달 탄생의 비밀》《인간 지능의 수수께끼》
《43번가의 기적》《신의 봉인》《사탕 접시》《뻔뻔한 출세주의자 되기》등이 있다.

큰글씨 지킬 박사와 하이드

초판 1쇄 펴낸 날 2018년 10월 20일

지 은 이   로버트 루이스 스티븐슨
옮 긴 이   마도경
펴 낸 이   장영재
펴 낸 곳   (주)미르북컴퍼니
자 회 사   더클래식
전   화   02)3141-4421
팩   스   02)3141-4428
등   록   2012년 3월 16일(제313-2012-81호)
주   소   서울시 마포구 성미산로32길 12, 2층 (우 03983)
E-mail   sanhonjinju@naver.com
카   페   cafe.naver.com/mirbookcompany